우리 고전 다시 읽기

심청전·흥부전

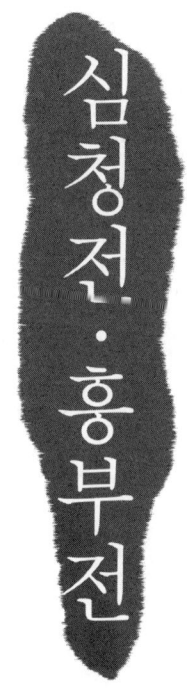

심청전·흥부전

구인환(서울대 명예교수) 엮음

㈜신원문화사

머리말

　수천 년 동안 한 민족이 국가의 체제를 갖추어 연면한 역사와 전통을 계속해 왔다는 것은 인류 역사를 살펴봐도 그렇게 흔한 일이 아니다. 그리고 그 민족이 고유한 문자를 가지고 후세에 길이 전할 문헌을 남겼다는 것은 더욱 흔한 일이 아닐 것이다.
　이러한 면에서 볼 때 우리 한민족은 세계 어느 나라와 비교해도 손색없고, 자랑스러운 역사와 전통을 이어왔다. 우리 한민족은 5천 여 년의 기나긴 역사를 통하여 외세의 침략을 숱하게 받아 백척간두의 국난을 겪으면서도 우리의 역사, 한민족 고유의 전통을 면면히 이어온 슬기로운 조상이 있었다. 이러한 까닭으로 오늘날 빛나는 민족의 문화 유산을 이어받은 것이다.
　고전 문학(古典文學)은 실용성은 잃었지만 여전히 존재할 만한 값어치가 있고, 시대와 사회는 변해도 항상 시대를 초월하여 혈연의 외침으로 우리의 공감대를 울려 주기에 충분한 문화 유산이다. 그러므로 오늘을 사는 우리들은 조상의 얼이 담긴 옛

문헌을 잘 간직하여 먼 후손들에게까지 길이 이어주어야 할 사명감을 가져야 할 것이다.
　고전 문학, 특히 국문학(國文學)을 규정하는 기준이 국어요, 나라 글자라면 우리 민족의 생활 감정을 표현한 국문 작품이야말로 진정한 국문학이 된다 할 것이다.
　그러나 우리 고유 문자의 탄생은 오랜 민족 역사에 비해 훨씬 후대에 이루어졌다. 이 까닭으로 우리 민족은 일찍부터 외국 문자, 즉 한자를 들여와서 사용했다. 이처럼 우리 선조들이 고유 문자가 없음을 한탄할 때에, 세종조에 와서 마침 인재를 얻어 훈민정음이 창제되었다. 하지만 여전히 한자가 독보적인 행세를 하여 이 땅에 화려한 꽃을 피웠다. 따라서 표현한 문자는 다를지언정 한자로 된 작품도 역시 우리 민족의 생활 감정을 나타낸 우리의 문학 작품이다. 이러한 귀결로 국·한문 작품을 '고전 문학'으로 묶어 함께 싣기로 했다.

우리 글이 창제된 이후에도 우리 선조들의 손으로 쓰여진 서책이 수만 권에 달한다. 그 가운데에서 국문학상 뛰어난 몇몇 작품을 선정하는 것은 물론 산재한 문헌 자료를 수집하기 위해 숨어 간직되어 있는 작품을 찾아내는 것도 여간 어려운 일이 아니었다. 그럼에도 이만한 성과를 거두고 이만한 고전 문학 작품을 추리는 것은 현재를 사는 우리의 당연한 책임이자 의무이다. 다만 한정된 지면과 미처 찾아내지 못한 더 많은 작품이 실리지 못한 것이 아쉬울 따름이다.

엮은이 씀

심청전 · 11

작품 해설 · 100

흥부전 · 105

작품 해설 · 199

심청전

 삼춘화류(三春花柳)[1] 호시절에 초목군생지물(草木群生之物)이 개유이자락(皆有以自樂)[2]한데 춘풍도리화개야(春風桃李花開夜)[3]라, 백화가 만발하더라. 춘수만사택(春水滿四澤)하고 하운다기봉(夏雲多奇峰)이라[4]. 간수(澗水)는 잔잔하여 산곡간(山谷間)으로 흘러가고 푸른 언덕 위에는 학이 무리지어서 왕래하고 황금 같은 꾀꼬리는 양류간(楊柳間)으로 날아들고, 소상강(瀟湘江)[5] 떼기러기는 북천(北天)으로 날아가고, 낙화는 유접(誘蝶)하고

---

1) '삼춘'은 보통 봄 석 달을 말하지만 여기서는 춘삼월을 이름.
2) 초목과 모든 생물이 다 제각기 즐거움이 있음. 이 말은 사마천의 《사기》에 나오는 구절임.
3) 봄바람에 복숭아, 오얏꽃 핀 밤이라. 이 구절은 당나라 시인인 백낙천의 시 〈장한가〉에 나옴.
4) 봄 물은 네 못에 가득하고, 여름 구름은 기이한 봉우리가 많음. 이 말은 진나라 고개지의 시 〈사시시〉 중 봄과 여름을 읊은 것이라고 하고, 또는 도잠의 시라고도 하지만 어느 말이 옳은지는 정확하지 않음.
5) 중국 호남성 동정호(洞庭湖)에 합류해 들어가는 소수와 상강의 병칭.

유접(遊蝶)은 낙화같이 펄펄 날리다가 인당수 흐르는 물에 힘없이 떨어지매, 아름다운 봄소식은 소리를 따라 흔적 없이 내려가는 곳에 황주(黃州) 도화동(桃花洞)에 심학규(沈鶴奎)라는 봉사(奉事)[1]가 있었으니, 세대(世代) 잠영거족(簪纓巨族)[2]으로 성명(聲名)이 자자하였으나, 가운(家運)이 쇠퇴하고 소년에 안맹(眼盲)하니 향곡간(鄕曲間)에 곤한 신세로서 강근지족(强近之族)[3]이 없고, 겸하여 안맹하니 뉘라서 대접할까마는 본디 양반의 후예로서 행실이 청렴정직하고, 지개(志槪) 고상하여 일동일정을 조금도 경솔히 아니하니, 그 마을 눈 뜬 사람은 모두 칭찬하는 터이라. 그 아내 곽씨 부인 또한 현철하여 임사(妊姒)[4]의 덕과 장강(莊姜)[5]의 색과 목란(木蘭)[6]의 절개라. 예기(禮記)·가례(家禮)·내칙편(內則篇)과 주남(周南)·소남(召南)·관저시(關雎詩)를 모르는 것이 없고, 봉제사(奉祭祀) 접빈객(接賓客)과 인리(隣里)에 화목하고, 가장(家長)을 공경하고, 치산 범절(治産凡節)이 백집사가감(百執事可堪)[7]이라. 그러나 가세가 빈한하니 이제(夷齊)[8]의 청렴이요, 안자(顔子)[9]의 가난이라. 기구지업(箕裘之業) 바이없어 일간두옥(一間斗屋) 단표자(單瓢子)에 반소음

---

1) 옛적 종8품의 벼슬 이름. 근세 조선 초기에 정부에서 소경들에게 침술을 가르쳐, 우수한 자를 뽑아 내의원·전의감·혜민서 등 의사 관청에 의원으로 봉사의 직을 주어 봉직하게 한 일이 있었는데, 그 뒤로 일반 맹인을 대접해서 부르는 말이 되었음.
2) 대대로 높은 벼슬을 지내온 집안으로, 보통 '잠영세족' 이라고 말함.
3) 길흉의 일에 힘을 도와 줄 만한 가까운 일가 친척.
4) 옛적의 어진 여자 두 사람으로, 중국 주나라 문왕의 어머니 태임과 문왕의 아내 태사를 말함.
5) 중국 열국 시대 위나라 장공의 아내 강씨. 얼굴이 매우 아름답고 부덕이 높은 여자였음.
6) 옛 중국의 효녀. 그 아버지를 대신해서 전장에 나아가 힘써 싸워 이기고 돌아왔음.
7) 무슨 일이든 하지 못하는 것 없이 다 잘한다는 말.

수(飯蔬飮水)를 하는 터에, 곽외(郭外)에 편토(片土) 없고 낭하(廊下)에 노비(奴婢) 없어, 가련한 곽씨 부인 몸을 아끼지 않고 품을 팔 제, 삯바느질·삯빨래·삯길쌈·삯마전·염색하기·혼상대사(婚喪大事) 음식 만들기·술빚기·떡찧기 하며, 1년 360일을 잠시라도 놀지 않고 품을 팔아 모으는데, 푼을 모아 돈이 되면 돈을 모아 냥(兩)을 만들고, 냥을 모아 관(貫)이 되면, 인근동 사람 중에 착실한 데 실수 없이 받아들여 춘추시향(春秋時享)¹⁰⁾ 봉제사와 앞 못 보는 가장 공경 시중이 한결같으니, 가난과 병신은 조금도 허물될 것이 없고, 위아랫마을 사람들이 부러워하고 칭찬하는 소리에 재미있게 세월을 보내더라.

그러나 그같이 지내는 중에도 심학규의 가슴에 한 가지 억울한 한을 품은 것은 슬하에 일점 혈육이 없음이었다. 하루는 심봉사가 마누라를 곁에 불러 앉히고,

"여보 마누라, 거기 앉아 내 말씀 들어 보오. 사람이 세상에 나서 부부야 뉘 없을까마는, 이목구비 성한 사람도 불측한 계집을 얻어 부부 불화 많거니와 마누라는 전생에 나와 무슨 은혜 있어 이생에 부부되어 앞 못 보는 나를 한시 반때 놀지 않고 불철주야(不撤晝夜) 벌어들여, 어린아이 받들듯이 행여나 추워할까 배고파할까, 의복 음식 때를 맞추어 지성으로 봉양하니, 나

---

8) 옛날 중국 은나라 고죽국의 왕자인 백이와 숙제 형제 두 사람. 주문왕이 어질다는 소식을 듣고 찾아갔다가 문왕이 죽고 그 아들 무왕이 임금이 되어 은나라를 치려 할 때에, 그 의(義)가 아니라고 간했으나 왕이 듣지 않고 마침내 은나라를 쳐 멸망시켰으므로 자기는 불의(不義)한 주나라 곡식을 먹지 않겠다고 한 뒤 형제가 같이 수양산에 들어가서 고사리를 캐어먹고 지내다가 굶어 죽었다고 함.
9) 공자의 첫째가는 제자 안회. 가난을 견디고 도를 즐겨 잘 배우고 닦아, 아성(亞聖)의 지위에 이름. 안빈낙도로 이름이 높음.
10) '춘추시제(春秋時祭)'라고도 하는데, 봄과 가을에 조상께 올리는 제사.

는 편하다 하려니와 마누라의 고생살이 도리어 불안하니 괴로운 일일랑 너무 하지 말고 사는 대로 삽시다. 그러나 내 마음에 지극히 원통한 일이 있소. 우리가 연광(年光)이 40이나 슬하에 일점 혈육이 없어 조상향화를 끊게 되니 죽어 황천(黃泉)에 들어간들 무슨 면목으로 조상을 대하며, 우리 양주(兩主) 사후신세(死後身勢) 초종장례(初終葬禮)¹⁾ 소대기(小大朞)며, 연년 오는 기제사(忌祭祀)며, 밥 한 그릇 물 한 모금 뉘라서 떠 놓겠소? 병신 자식일망정, 남녀간 낳아 보면, 평생 한을 풀 듯하니 어찌하면 좋을는지 명산대천(名山大川)에 치성이나 드려 보오."
하니 곽씨 부인 말하기를,

"옛 글에 이르기를 불효 3천에 무후위대(無後爲大)²⁾라 하였으니, 자식을 두고 싶은 마음이 뉘 없겠사옵니까? 소첩(小妾)의 죄가 응당 내침이 마땅하오나, 가군(家君)의 넓으신 덕으로 지금까지 보존하였으니, 몸을 팔아 뼈를 간들 무슨 일을 못 하리까마는, 가장의 정대하신 성정(性情) 의향을 알지 못하여 발설(發說)을 못하였더니, 이렇듯 먼저 말씀하시니 무슨 일을 못 하리까? 지성껏 하오리다."

이렇게 대답하고 그날부터 품을 팔아 모은 재물로 온갖 정성을 다 드리더라.

명산대천 신령당(神靈堂) · 고묘(古廟) · 총사(叢祠)³⁾ · 석왕사(釋王寺)에 석불보살(釋佛菩薩) 미륵님전 노구마지⁴⁾ 당(堂)짓기

---

1) 사람이 죽어서 그 죽은 날로부터 장사지내고 졸곡제를 지내기까지의 모든 초상을 치르는 일.
2) 자식으로서 불효하는 조건이 3천 가지나 되되, 그중 자식이 없어 뒤를 잇지 못하는 것이 제일 크다는 말.
3) 잡신을 제사하는 사당.

와 칠성불공(七星佛供)·나한불공(羅漢佛供)·백일산제(百日山祭)·제석불공(帝釋佛供)·가사시주(袈裟施主)·연등시주(燃燈施主)·창호시주(窓糊施主)·신중(信衆) 맞이 다리(橋梁) 적선·길닦기와 집에 들어 있는 날도 성주(成造神)·조왕(竈王)·터주(壇主) 제신(諸神) 갖가지로 다 지내니 공든 탑이 무너지며 힘든 나무 부러지랴.

갑자년 4월 초파일날 꿈 하나를 얻었으나 이상하고 맹낭 기괴하다. 천지 명랑하고 서기(瑞氣)가 허공에 서리며, 오색채운(五色彩雲) 두르더니 선인 옥녀가 학을 타고 하늘에서 내려오는데 머리에는 화관이요, 몸에는 하의(霞衣)[5]로다. 월패(月牌)[6]를 늘여차고 옥패 소리 쟁쟁하며, 계화(桂花) 가지를 손에 들고 내려오더니, 부인 앞에 재배하고 곁으로 오는 양이 월궁항아(月宮姮娥)가 달 속으로 들어온 듯, 남해관음(南海觀音)[7]이 해중(海中)으로 돌아온 듯, 심신이 황홀하여 진정치 못할 적에 선녀의 고운 모양 애연히 여쭈오되,

"소녀는 다른 사람이 아니오라, 서왕모의 딸이온데, 반도(蟠桃)[8] 진상(進上) 가는 길에 옥진비자(玉眞妃子) 잠깐 만나 수작하옵다가 때가 조금 늦었기로 상제(上帝)께 득죄하고 인간세계로 정배되어 갈 바를 모르던 중 태상노군(太上老君)[9]과 후토부

---

4) '노구'는 통노구라고도 하는데, 오늘날의 냄비와 비슷한, 밥을 짓고 국을 끓이는 그릇이요, '마지'는 부처에게 올리는 밥. 따라서 노구마지는 노구에 흰밥을 지어서 부처에게 올린다는 말임.
5) 하늘에 있는 신선이 입는 옷.
6) 달 모양으로 된 패. 또는, 달을 그린 패.
7) 부처 관세음보살이 남해 중 자죽림에 거처했으므로 남해관음이라고 부름.
8) 3천 년마다 한 번씩 열매가 열린다는, 선경에 있다는 복숭아.
9) 도가에서 노자를 높여 경칭하여 부르는 명칭.

인(后土夫人), 제불보살 석가님이 댁으로 지시하여 지금 찾아왔
사오니 어여삐 여기소서."
하고 품에 와 안기거늘 곽씨 부인이 놀라서 잠을 깨니 남가일몽
(南柯一夢)이라. 양주(兩主)가 몽사를 의논하니 둘의 꿈이 한 가
지라. 태몽인 줄 짐작하고 마음에 희한하여 못내 기쁘게 여기는
데 그 달부터 태기 있으니 신불의 힘이런가, 하늘이 도우심이런
가. 부인의 정성이 지극하므로 하늘이 과연 감동하심이로다.
 곽씨 부인 어진 범절 조심이 극진하여 좌불변(坐不邊)[1]하고,
입불필(立不蹕)[2]하며, 석부정불좌(席不正不坐)[3]하며, 할부정불
식(割不正不食)[4]하고, 이불청음성(耳不聽淫聲)[5]하고, 목불시사
색(目不視邪色)[6]하여, 10삭을 고이 채우더니 하루는 해복기미
(解腹機微)가 있어 부인이,
 "애고 배야, 애고 허리야."
 몸져 누워 앓으니, 심봉사가 겁을 내어 이웃집을 찾아가서 친
한 부인을 데려다가 해산 구원 시켜 낼 제, 짚 한 단을 들여 놓
고 새 사발 정화수를 소반 위에 받쳐 놓고 좌불안석(坐不安席)
급한 마음 순산하기 바랄 적에 향취가 진동하며 채운(彩雲)이
두르더니, 혼미중(昏迷中)에 탄생하니 선녀 같은 딸이로다.
 이웃집 부인이 들어와서 아기를 받은 후에 삼을 갈라 뉘어 놓

---

1) 옛 사람은 아이를 배면 어머니가 마음과 몸가짐을 극진히 조심했는데, 이를 태교라고 한다.
   태교의 몸가짐 중 하나가 좌불변으로, 이는 앉을 때에는 좌로 치우쳐 앉지 않음을 말함.
2) 한 발로만 디디고 서지 않음.
3) 방석이나 요 같은 것이 반듯하게 깔리지 않았으면 앉지 않음.
4) 먹을 것을 썬 것이 반듯하지 않으면 먹지 않음.
5) 잡된 소리를 듣지 않음.
6) 사악한 것을 보지 않음.

고 밖으로 나갔는데, 곽씨 부인 정신차려,

"여보시오 서방님, 순산을 하였으나 남녀 간에 무엇이오?"

심봉사의 기쁜 마음, 아기를 더듬어 샅을 한참 만지더니 웃으며 하는 말이,

"아기 샅을 만져 보니 아마 아들은 아닌가 보오."

배태(胚胎)하기 전에는 배태하기 희망이요, 배태한 후는 아들 되기 희망하는 마음은 내외가 같은지라. 곽씨 부인 서러워하니,

"만득(晩得)으로 따른 자식 딸이라니 절통하오."

심봉사 대답하되,

"마누라, 그런 말 마오. 딸이 아들만 못하다 해도 아들도 잘못 두면 욕급조선(辱及祖先)할 것이요, 딸자식도 잘 두면 못된 아들과 바꾸겠소? 우리 이 딸 고이 길러 예절 먼저 가르치고, 침선방적(鍼線紡績) 잘 가르쳐, 요조숙녀(窈窕淑女) 좋은 배필 군자호구(君子好逑)[7] 잘 가리어, 금슬우지(琴瑟友之) 즐기우고 종사우선선(螽斯羽詵詵)[8]하며 외손봉사(外孫奉祀)는 못하리까? 그런 말은 다시 하지 마오."

이웃집 부인 당부하여 첫 국밥을 얼른 지어 삼신상(三神床)에 받쳐 놓고, 의관을 정히 하고 두 무릎 공손히 꿇고 삼신께 두 손 합장 비는데,

"삼십삼천(三十三天) 도솔천(兜率天), 이십팔수(二十八宿) 신불제왕(神佛諸王), 영험하온 신령님네, 화의동심(和意同心)하옵

---

7) '군자'는 주문왕을 말함이요, '구'는 짝이란 말이므로, 요조한 숙녀 태사는 군자 곧 문왕의 좋은 짝이라는 말임.
8) '종사'는 메뚜기 또는 여치로, 한 번에 아흔아홉 개의 알을 낳는다고 하며, '선선'은 화기롭게 모이는 모양이므로, 종사우선선은 자손이 많아 행복함을 비유한 말임.

소서. 40 후에 점지(點指)한 딸, 10삭 고이 거둬 순산을 시키시니 삼신님의 넓으신 덕, 백골난망 잊으리까. 다만 독녀(獨女) 딸이라도 오복을 점지하여 동방삭(東方朔)[1]의 명을 주고 석숭(石崇)의 복을 내려, 대순(大舜)[2] · 증자(曾子) 효행이며 반희(班姬)[3]의 재질이며 수복을 고루 태어 외 붓듯 가지 붓듯 잔병 없이 잘 자라나 일취월장(日就月將) 시키소서."

빌기를 마친 후 더운 국밥 떠다 놓고 산모를 먹인 후, 심봉사 다시 생각하니 비록 딸일망정 기쁘고 귀한 마음 비할 데 없는지라. 눈으로 보든 못하고 손으로 더듬거리며 아기를 어르는데,

"아가 아가 내 딸이야, 아들 겸 내 딸이야, 금을 준들 너를 사며 옥을 준들 너를 사랴. 어둥둥 내 딸이야! 열 소경의 한 막대 분방서안옥등경(粉房書案玉燈檠), 새벽 바람 사초롱(紗燭籠), 당기 끝에 진주(珍珠), 얼음 구멍에 잉어로구나. 어둥둥 내 딸이야! 남전북답(南田北畓) 장만한들 이보다 더 좋으며, 산호진주 얻었던들 이보다 더 반가우랴. 표진강의 숙향(淑香)이가 네가 되어 태어났나, 은하수의 직녀성(織女星)이 네가 되어 내려왔나. 어둥둥 내 딸이야."

심학규는 이같이 주야로 즐겨할 제, 정말로 반가운 마음으로 이러하니 산모의 섭섭한 마음도 위로가 되어 서로 즐겁기 한량없더라.

슬프다. 세상사 애락(哀樂)이 수가 있고, 사생(死生)이 명이

---

1) 한나라 무제 때 사람으로, 글이 능하고 풍자를 잘하며, 오래 살기로 유명한 사람인데, 삼천갑자(三千甲子)를 살았다고 함.
2) 중국 상고의 임금으로, 요의 임금의 자리를 물려받아 정치를 잘해서 성군이라고 일컬으며 효행이 장한 사람임.
3) 동한(東漢) 화제 때 사람으로, 이름은 조요, 문장과 재지로 유명한 여자임.

있는지라. 운수소도(運數所到)에 가련한 몸을 용서치 않도다. 뜻밖에 곽씨 부인 산후별증(産後別症)이 일어나 호흡을 천촉하며 식음(食飮)을 전폐하고 정신없이 앓는데,

"애고 머리야, 애고 허리야."

하는 소리에 심봉사 겁을 내어 문의(問醫)하여 약을 쓰고, 경도 읽고 굿도 하고 백 가지로 서둘러도 죽기로 든 병이라 인력으로 어찌 구하리오. 심봉사가 기가 막혀 곽씨 부인 곁에 앉아 전신을 만져 보며,

"여보, 여보시오 마누라, 정신차려 말을 하오. 식음을 전폐하니 기가 허하여 이러하오, 삼신님께 탈이 되어 제석(帝釋)님이 탈이 났나. 하릴없이 죽게 되었으니 이것이 웬일이오. 만일 불행히 죽게 되면 눈 어둔 이놈 팔자 일가친척 바이없는 혈혈단신(孑孑單身) 이내 몸이 올 데 갈 데 없어지니 그도 또한 원통한데 강보(襁褓)의 여식을 어찌하란 말이오."

곽씨 부인 생각하니 자기의 앓는 병세 살지를 못할 줄 알고 봉사에게 유언한다. 가군의 손을 잡고 후유 한숨을 길게 쉬며,

"여보시오 서방님, 내 말씀 들어 보오. 우리 부부 해로(偕老)하여 백년 동거하잤더니, 명한(命限)을 못 이기고 필경은 죽을 테니 죽는 나는 서럽지 않으나 가군의 신세 어이하리오. 내 평생 마음먹기를 앞 못 보는 가장님을 내가 조심 아니하면 고생되기 쉽겠기에, 풍한서습(風寒暑濕) 가리지 않고 남촌(南村) 북촌(北村) 품을 팔아 밥도 받고 반찬 얻어 식은 밥은 내가 먹고 더운 밥은 가군 드려 주리지 않고 춥지 않게 극진공경하였는데, 천명이 이뿐인지 인연이 끊겼는지 하릴없이 죽게 되니, 내가 만일 죽게 되면 의복치레 뉘 거두며 조석공궤 뉘라 할까? 사고무

친(四顧無親) 혈혈단신이니 의탁할 곳 바이없어, 지팡막대 거머잡고 더듬더듬 다니다가 도랑에도 떨어지고 돌에도 채여 넘어져 신세자탄하여 우는 모양이 눈으로 보는 듯하고, 기한을 못 이겨 가가문전(家家門前) 다니면서 '밥 좀 주오.' 슬픈 소리가 귀에 쟁쟁(錚錚) 들리는 듯하니, 죽은 혼인들 차마 어찌 듣고 보며, 주야장천 그리다가 40 후에 낳은 자식 젖 한 번도 못 먹이고 죽는단 말이 무슨 일인고? 어미 없는 어린것을 뉘 젖 먹여 길러 내며, 춘하추동 사시절을 무엇 입혀 길러 내리. 이 몸이 아차 죽게 되면 멀고 먼 황천길을 눈물이 가려 어이 가며, 앞이 막혀 어이 갈꼬. 여보시오 봉사님, 저 건너 김 동지 댁에 돈 열 냥 맡겼으니 그 돈은 찾아다가 나 죽은 초상에 약략(略略)히 쓰옵시고, 항아리에 넣은 양식 해산쌀로 두었다가 못 먹고 죽어 가니 출상이나 한 연후에 양식으로 쓰시고, 진어사(陳御史) 댁 관대(冠帶)[1] 한 벌, 흉배(胸背)에 학을 수놓다 못 다 놓고 보에 싸서 농 안에 넣었으니 남의 귀중한 의복일랑 나 죽기 전에 보내옵고, 뒷마을 귀덕어미는 나와 친한 사람이니, 내가 죽은 후라도 어린아이 안고 가서 젖 좀 먹여 달라 하면 괄시는 아니하리다. 천행으로 저 자식이 죽지 않고 살아나서 제 발로 걷거들랑 앞세우고 길을 물어 내 무덤 앞에 찾아와서 '아가, 이 무덤이 너의 모친 무덤이다.' 역력(歷歷)히 가르쳐서 모녀 상봉시켜 주오. 천명을 못 이겨 앞 못 보는 가장에게 어린 자식 떼쳐두고 영결종천(永訣終天) 돌아가니 가군의 귀하신 몸 애통하여 상치 말고 천만보중(千萬保重)하옵소서. 차생의 미진한 한을 후생에

---

[1] 벼슬하는 사람이 입는 관복. 녹색이나 자색이나 도홍색의 비단으로 소매가 둥글고 크며, 깃은 둥글게 지었음.

다시 만나 이별 없이 살고 싶소."
하고 한숨 쉬고 돌아누워 어린 애기에게 낯을 대고 혀를 차며,

"천지도 무심하고 귀신도 야속하다. 네 진작 생겼거나 내가 조금 더 살거나, 너 낳자 나 죽으니 한량없는 구천지통(九天之慟) 너로 하여 품게 되니 죽은 어미 산 자식이 생사간에 무슨 죄냐? 아가, 내 젖 망종 먹고 어서 어서 잘 살아라."

봉사더러,

"이차, 내가 잊었소. 이 애 이름을 청이라 불러 주오. 이 애 주려고 지은 굴레[2] 진옥판 붉은 술에 진주 드림 붙여 달아 함 속에 넣었으니 엎치락뒤치락 하거들랑 나 본 듯이 씌워 주오. 할말이 무궁하나, 숨이 가빠 못하겠소."

말을 마치매 한숨 겨워 부는 바람 삽삽비풍(颯颯悲風) 되어 있고, 눈물겨워 오는 비는 소소세우(瀟瀟細雨) 되었어라. 폐기질 두세 번에 숨어 덜컥 끊겼으니, 곽씨 부인은 이미 다시 이 세상 사람이 아니더라.

슬프다! 사람 수명을 하늘이 어찌 돕지 못하는고. 이때 심봉사 안맹한 사람이라 죽은 줄 모르고 아직도 살아 있는 줄 알고,

"여보 마누라, 병들면 다 죽을까? 그런 일 없소. 약방에 가 문의하여 약 지어 올 것이니, 부디 안심하오."

심봉사 속속히 약을 지어 집으로 돌아와 화로에 불을 피우고 부채질해 달여 내어 북포(北布) 수건에 얼른 짜 들고 들어오며,

"여보 마누라, 일어나 약을 자시오."

---

2) 어린아이의 모자. 오색 비단을 겹으로 허리띠같이 접은 것을 가지고, 여내 십자형으로 엇갈려 꿰매어 만들고 위에는 옥판과 각색 구슬을 꿰어 달고, 앞뒤와 좌우에는 금·은·진주 등으로 찬란하게 꾸며 씌우는 것.

하고 약그릇 곁에 놓고 부인을 일어앉히려 할 제, 무서움증이 나서 사지를 만져 보니 수족은 다 늘어지고 코밑 찬 김이 나니, 심봉사 비로소 부인이 죽은 줄 알고 실성발광(失性發狂)하는데,
"애고 마누라, 참으로 죽었는가?"
가슴을 쾅쾅, 머리를 탕탕, 발을 동동 구르면서 울부짖는다.
"여보시오 마누라, 그대 살고 나 죽으면 저 자식을 잘 키울 걸, 그대 죽고 내가 살아 저 자식을 어찌하며, 구구히 사는 살림 무얼 먹고 살아날까? 엄동설한 북풍 불 제 무엇 입혀 길러내며 배고파 우는 자식 무엇 먹여 살려 벨까? 평생 정한 뜻 사생동고하자더니 염라국이 어디라고 나 버리고 어디 갔소? 이제 가면 언제 올까? 청춘작반호환향(靑春作伴好還鄕) 봄을 따라오려는가? 마누라 가신 곳은 몇만 리나 멀었기에 한번 가면 못 오는가? 삼천벽도요지연(三千碧桃瑤池宴)¹⁾에 서왕모(西王母)를 따라갔나? 월궁항아(月宮姮娥) 짝이 되어 도학(道學)하러 올라갔나? 황릉묘(黃陵廟)²⁾ 이비(二妃) 전에 회포 말을 하러 갔나?"
울다가 기가 막힌 심봉사는 머리를 방바닥에 부딪치며 몸부림을 치니 이리 덜컥 저리 덜컥, 치둥굴 내리둥굴 엎어져 슬피 통곡하니, 이때 도화동 사람들이 이 소식을 듣고 남녀노소 없이

---

1) 서방(西方) 약수(弱水) 가에 요지(瑤池)가 있고 벽도(碧桃)가 있으니 이것을 반도(蟠桃) 또는 선도(仙桃)라고도 일컬음. 이 선도는 꽃이 피고 열매가 열려 익기까지 3천 년이 걸린다고 해서, 삼천벽도(三千碧桃)라고도 함. 이 선도는 서왕모가 주관하여, 이 선도가 익으면 사왕모가 천상의 선관과 선녀를 청해 요지에서 반도연(蟠桃宴)을 베푼다고 함.
2) 고묘(古廟)의 이름. 중국 호남성 상음현북에 있는데, 순이 남순(南巡)하다가 창오산에서 죽자 그의 후궁인 아황과 여영이 슬퍼서 소상강 가에 와서 울다가 눈물을 대수풀에 뿌리자 눈물 방울이 피가 되어, 대줄기에 묻어 무늬가 되어 오늘까지 그곳의 대는 아롱진 붉은 점이 박혔는데, 이것을 소상반죽(瀟湘班竹)이라고 함. 이처럼 아황과 여영이 날로 울다가 죽자, 그곳 황릉산에 장사를 지내고 그 옆의 사당을 황릉묘라고 함.

뉘 아니 슬퍼하랴. 동네에서 공론하되,

"곽씨 부인 작고(作故)함도 지극히 불쌍하고, 안맹한 심봉사도 그 아니 불쌍한가? 우리 마을 100여 호에 십시일반으로 한 돈씩 추렴하여 현철(賢哲)한 곽씨 부인 장사지내 주면 어떠하오?"

그 말 한번 나니 여출일구(如出一口) 응낙하고 출상(出喪)을 하려 할 제, 불쌍한 곽씨 부인 의금(衣衾)³⁾ 관곽(棺槨) 징이 하여, 신건(新件) 상누 대틀 위에 결관(結棺)하여 내어놓고, 명정(銘旌)⁴⁾ 공포(功布)⁵⁾ 운아삽(雲亞翣)⁶⁾을 좌우로 갈라 세우고, 발인제(發靷祭) 지낸 후에 상두를 운행할새 비록 가난한 초상이라도 동네가 힘을 모와 진심껏 차렸으니 상두 치레 지극히 현란하더라. 남대단(藍大緞) 휘장, 백공단(白貢緞) 차양(遮陽)에 초록대단(草綠大緞) 전을 둘러 남공단(藍貢緞) 드림에 홍부전⁷⁾ 금자 박아 앞뒤 난간 황금 장식 국화 물려 늘이었다. 동서남북 청의동자(靑衣童子) 머리에 쌍북상투 좌우 난간 비껴 세우고, 동에 청봉(靑鳳), 서에 백봉(白鳳), 남에 적봉(赤鳳), 북에 흑봉(黑鳳), 한가운데 황봉(黃鳳), 주홍당사(朱紅唐絲) 벌매듭에 쇠코 물려 늘이고 앞뒤에 청룡(靑龍) 새긴 벌매듭 늘이어서 무명 닷

---

3) 시체에 입히고 싸는 옷과 이불.
4) 출상(出喪)할 때에 붉은 비단에 흰 글씨로 죽은 사람의 관직과 성씨를 써서 상여 앞에 들고 가는 기.
5) 마포를 온 폭으로 5, 6척 되게 끊어 깃대에 매달아 명정과 나란히 세워 나가는 것으로, 매장할 때에 관을 닦는 데 쓰임.
6) 사방 2척 가량 되는 판 두 개로, 하나에는 아자형을, 하나에는 운채(雲彩)를 붉은빛으로 그리고 긴 막대 끝에 붙여, 상여 좌우에 세워 들고 나가는 것.
7) 붉은 비단으로 위는 넙적하고 끝은 뾰족하게 접어 두 쪽을 맞대 붙여서 꿰매어 장식품으로 달게 된 것.

줄 상두꾼은 두건, 제복, 행전까지 생포로 호사하게 차려 입고 상두를 얼메고 갈짓자로 운구한다.

"뎅그렁 뎅그렁 어화 넘차 너하."

그때 심봉사는 어린아이 강보에 싸 귀덕어미에게 맡겨 두고, 제복을 얻어 입고 상두 뒤채를 거머잡고 여광여취(如狂如醉)하여 겨우 부축을 받아 나아가면서,

"애고 여보 마누라, 날 버리고 어디로 간단 말인가? 나도 갑세, 나와 가! 만 리라도 나와 가세! 어찌 그리 무정한가? 자식도 귀하지 않소? 얼어서도 죽을 테고, 굶어서도 죽을 테니 나와 함께 가십시다."

"어화 넘차 너하."

심봉사는 울고 부르짖기를 그치지 아니하고 상두꾼은 상두 노래가 끊이지 아니한다.

"불쌍한 곽씨 부인 행실도 얌전터니 불쌍히도 죽었구나. 어화 넘차 너하, 북망산(北邙山)이 멀다 마소, 건너 산이 북망일세. 어화 너차 너하, 이 세상에 나온 사람 장생불사 못 하여서 이 길 한번 당하지만, 어화 넘차 너하, 우리 마을 곽씨 부인 70 향수 못 하고서 오늘 이 길 웬일인가? 어화 넘차 너하, 새벽 닭이 재쳐우니 서산명월(西山明月) 다 넘어가고 벽수비풍(碧岫悲風) 슬슬 분다. 어화 넘차 너하."

그럭저럭 건너 안산 돌아들어 향양지지(向陽之地)[1] 가리어서 깊이 안장한 연후에 평토제(平土祭)[2]를 지내는데, 어동육서(魚

---

1) 남쪽으로 향해서 볕이 잘 드는 땅.
2) 장사 지낼 때, 무덤을 만든 뒤에 지내는 제사. 이 제사는 하관하고 흙을 메워 평지와 같이 될 때에 지내므로 봉분제라고도 함.

東肉西)·홍동백서(紅東白西)·좌포우혜(左脯右醯)[3] 벌여 놓고 축문을 읽을 적에, 심봉사가 근본 맹인이 아니라 20 후에 맹인이라, 머릿속에 식자가 넉넉하므로 슬픈 원정(寃情) 축문을 지어 심봉사가 읽는다.

"차호부인(嗟乎夫人) 차호부인, 요차요조숙녀혜(邀此窈窕淑女兮)여, 태명안지옹옹(迨鳴雁之雝雝)이라. 기백년지해로혜(期百年之偕老兮)여, 홀언몰혜혼귀(忽焉歿兮魂歸)로다. 유치자이영서혜(遺稚子而永逝兮)여, 이하술이양육(以何術而養育)하리. 귀불귀혜일거(歸不歸兮一去)하니, 무하시이갱래(無何時而更來)로다. 낙송추이위가(絡松楸而爲家)하여 여취수이장와(與翠岫而長臥)로다. 상음용혜적막(想音容兮寂邈)하니 차난견이난문(嗟難見而難聞)이라. 백양지외월락(白楊枝外月落)하여 산혜적적(山兮寂寂) 밤 깊은데, 여추추이유성(如啾啾而有聲)하여 무슨 말을 하소한들 격유현이로수(隔幽顯而路殊)하여[4] 그 뉘라서 위로하리. 후유, 주과포혜박전(酒果脯醯薄奠)이나 많이 먹고 돌아가오."

축문을 다 읽더니 심봉사가 기가 막혀,

"여보시오 마누라, 나는 집으로 돌아가고 마누라는 예서 살고, 으흐흐."

달려들어 봉분에 엎드려서 통곡하며 하는 말이,

"그대는 만사를 잊어버리고 심심(深深)한 산곡 중에 송백으로 울을 하고, 두견이 벗이 되어 창오야월(蒼梧夜月) 밝은 달에

---

3) 제사에 제물을 젯상에 차리는 데에는 그 벌여 놓는 차서와 방위가 정해 있다. 이를테면 젯상의 앞을 남으로, 왼편을 동, 오른편을 서, 붉은빛이 나는 과실은 동에, 흰빛 나는 과실은 서에, 포는 왼편에, 식혜는 오른편에 각각 벌여 놓는 것을 말함.
4) 저승과 이승이 가로막혀 길이 다르니. '유'는 저승, '현'은 이승.

화답가(和答歌)를 하려는가? 내 신세 생각하니 개밥에 도토리요. 꿩 잃은 매가 되니 뉘를 믿고 살 것인가."

봉분을 어루만지며 실성통곡 울음 우니 동중(洞中)의 조객들이 뉘 아니 서러워하리. 심봉사를 위로하며,

"마오 마오, 이리 마오. 죽은 아내 생각 말고 어린 자식 생각하오."

심봉사 마지못하여 고분지통(鼓盆之痛)[1] 진정하여, 집으로 돌아올 제, 심봉사 정신차려 동중에 오신 손님 백배 치사 하직하고 집으로 향하여 돌아가더라.

이때 심봉사는 부인을 매장하여 공산야월(空山夜月)에 혼자 두고 허둥지둥 돌아오니, 부엌은 적막하고 방은 텅 비었는데 향내 그저 피어 있다. 휑뎅그렁한 빈 방 안에 벗도 없이 혼자 앉아 온갖 슬픈 생각할 제, 이웃집 귀덕어미가 사람 없는 동안 아기를 데려가 보아주었다가 돌아와서 아기를 주고 가는지라. 심봉사는 아기를 받아 품에 안고서 지리산(智異山) 갈가마귀 게발 물어다 던진 듯이 혼자 우뚝 앉았으니 슬픔이 창천한데 품안의 어린것은 자지러져 울음 운다. 심봉사 기가 막혀 아기를 달래는데,

"아가 아가, 우지 마라, 너의 모친 먼 데 갔다. 낙양동촌이화정(洛陽東村梨花亭)에 숙낭자(淑娘子) 보러 갔다. 황릉묘 이비한테 회포 말을 하러 갔다. 너도 너의 모친 잃고 슬픔에 겨워 우느냐? 우지 마라 우지 마라, 네 팔자가 얼마나 좋으면 7일 만에 어미 잃고 강보 중에 고생하리. 우지 마라 우지 마라, 해당화 범나비야, 꽃이 진다고 서러워 마라. 명년 3월 돌아오면 그 꽃 다시 피느니

---

1) 중국 전국 시대의 사상가인 장자(莊子)가 아내가 죽었을 때 흙으로 만든 장구인 분(盆)을 치면서 노래했다는 고사에서 나온 말로, 아내가 죽은 슬픔을 비유하는 말

라. 우리 아내 가시는 데는 한번 가면 못 오신다. 어진 심덕 착한 행실 잊고 살 길 바이없다. 낙일욕몰현산서(落日欲沒峴山西)[2] 해가 져도 부인 생각, 파산야우장추지(巴山夜雨漲秋池) 빗소리도 부인 생각, 세우청강양우비(細雨淸江兩兩飛)하던 짝 잃은 외기러기 명사벽해(明沙碧海) 바라보고 뚜루룩 낄룩 소리하고 북천으로 향하는 모양, 내 마음 더욱 슬프다. 너도 또한 임 잃고 임 찾아가는 길인가? 너와 나와 비교하면 두 팔자 같구나."

이러구러 그날 밤을 지낼 적에, 아기는 젖을 못 먹어 기진하니 어둔 눈이 더욱 침침하여 어찌할 줄 모르더니, 동녘이 밝아지며 우물가에 두레박 소리 귀에 얼른 들리거늘, 날이 샌 줄 짐작하고 문을 활짝 열어 젖히고 우둥퉁 밖에 나가,

"우물에 오신 부인, 뉘신 줄은 모르오나 7일 만에 어미 잃고 젖 못 먹어 죽게 된 이 아기 젖 좀 먹여 주오."

"나는 젖이 없소마는 젖 있는 여인네가 이 마을에 많사오니, 아기 안고 찾아가서 젖 좀 먹여 달라 하면 누가 괄시하오리까?"

심봉사 그 말 듣고 품속에 아기를 안고 한 손에 지팡이 짚고 더듬더듬 마을로 가서 아이 있는 집을 물어 사립문 안으로 들어서며 애걸복걸 비는 말이,

"이 댁이 뉘시온지 사뢸 말씀 있나이다."

그 집 부인이 밥을 하다 말고 천방지방(天方地方)[3] 나오면서 비감(悲感)히 대답한다.

"그 지낸 말은 다 아니하나, 대체 어찌 고생하시오며 어쩐 일

---

2) 이 글은 당나라 시인 이백의 〈양양가〉의 한 구절이다. 지는 해는 현산 서쪽으로 꺼지려 하는데.
3) 황급한 때에 걸음을 제대로 바로 걷지 못하고, 산란하게 날뛰어 걷는 모양.

로 오셨소?"

심봉사가 눈물지으며 목이 메어 하는 말이,

"현철한 우리 아내 인심으로 생각하나, 눈 어둔 나를 본들 어미 없는 어린것이 이 아니 불쌍하오? 댁집 귀한 아기 먹고 남은 젖이 있거든 이 애 젖 좀 먹여 주오."

동서남북 다니며 이렇듯 애걸하니, 젖 있는 여인네가 목석(木石)인들 아니 먹이며 도척(盜蹠)[1]인들 괄시하랴. 7월이라 유화절(流火節)에 지심 매고 쉬는 여자 이 애 젖 좀 먹여 주오. 백석청탄(白石淸灘) 시냇가에 빨래하다 쉬는 여자 이 애 젖 좀 먹여 주오.

근방의 부인네들 심봉사의 사정을 아는고로 한없이 긍측(矜惻)하여 아기를 받아 젖을 먹이고 봉사에게 주며 하는 말이,

"여보시오 봉사님, 어렵게 생각 말고 내일도 안고 오고 모레도 안고 오면 이 애를 설마 굶기리까?"

"어질고 후덕하셔 좋은 일을 하시오니, 우리 동네 부인댁들 세상에는 드무오니, 비옵건대 여러 부인 수복강녕하옵소서."

백배 치하하고 아기를 품에 안고 집으로 돌아와서 아기 배를 만져 보며 혼잣말로,

"허허, 내 딸 배부르다. 1년 360일에 일생 이만하고지고. 이것 뉘 덕이냐? 동네 부인 덕이로다. 어서 어서 너도 너의 모친 같이 현철하고 효행 있어 아비 귀염 뵈이어라. 어려서 고생하면 부귀다남(富貴多男)하느니라."

---

1) 중국 춘추 시대 사람 유하혜의 아우인 척의 다른 이름. 사람됨이 너무도 악하므로 이름 위에 도(盜) 자를 덧붙여 도척이라고 하며, 오늘날까지 가장 악한 사람의 대명사로 불리는 말이 되었음.

요를 덮어 뉘어 놓고 아기가 노는 사이 동냥할 제, 마포견대(麻布肩帶)2) 두 동 지어 외어깨에 엇매고, 지팡이 둘러 짚고 구붓하고 더듬더듬 이집 저집 다니면서 사철 없이 동냥하여, 한편에 쌀을 넣고 한편에 벼를 얻어, 주는 대로 저축하고, 한 달 육장(六場)3) 전(廛) 거두어, 어린아이 암죽거리 설탕, 홍합 사서 들고, 더듬더듬 오는 모양이 뉘 아니 불쌍하리. 이렇듯 구걸하며 매월 삭망(朔望)과 소대기(小大朞)를 빠뜨리지 않고 지내 갈 제, 이때 심청이는 장래 크게 될 사람이라, 천지신명이 도와 주어 잔병 없이 자라는데 세월이 흐르는 물과 같아 그 아이가 6, 7세가 되어 가니 소경 아비의 손길 잡고 앞에 서서 인도하고, 10여 세가 되어 가니 얼굴이 일색이요, 효행이 출천(出天)터라. 소견이 능통하고 재주가 절등하여 부친께 바치는 조석 공양과 모친의 기제사(忌祭祀)에 지극한 정성을 기울여 어른을 넘어설 지경이니 뉘 아니 칭찬하랴.

세상에 덧없는 것은 세월이요, 무정한 것은 가난이라. 심청의 나이 11세에 가세 기련하고 노부(老父)가 궁병(窮病)하니 어리고 약한 몸이 무엇을 의지하여 살리요. 하루는 심청이 부친께 여쭈오되,

"아버님 들으십시오. 말 못하는 까마귀도 공림(空林) 저문 날에 반포(反哺)4)할 줄 알고, 곽거(郭巨)라 하는 사람은 부모님께 효도하여 찬수(饌需) 공경 극진할 제, 세 살 된 어린아이 부모

---

2) 자루의 일종으로, 배폭을 엇틀어서 솔기를 대어 꿰매 만든 것. 위아래가 다 터져서, 중간을 잡아매면 고리같이 되어 어깨에 둘러메거나, 허리에 돌려 차게 되어 있음.
3) 우리 나라의 시장은 보통 5일에 한 번 열어, 1개월 간 6차가 되므로 육장이라고 말함.
4) 까마귀가 새끼를 쳐서 먹여 길러 그 새끼가 자유로 날아다니면, 어미는 둥지 안에 들어앉고 새끼가 나가서 먹을 것을 얻어다가 어미를 공양하여 먹이므로 까마귀를 효조(孝鳥)라고 함.

반찬 먹이고자 산 자식을 묻으려고 양주 의논하고, 맹종(孟宗)은 효도하여 엄동설한 죽순(竹筍) 얻어 부모 봉양하였으니, 소녀 나이 10여 세라. 옛 효자만 못할망정 감지공친(甘旨供親) 못하리까? 눈 어두우신 아버지께서, 험로(險路) 다니시면 넘어져 다치기 쉽고, 비바람을 무릅쓰고 다니시면 병환날까 염려되오니, 아버지는 오늘부터 집 안에 계시오면, 소녀 혼자 밥을 빌어 조석 근심 덜겠습니다."

심봉사 크게 기뻐하며,

"네 말이 효녀로다. 인정은 그러하나, 어린 너를 내보내고 앉아 받아먹는 마음 내가 어찌 편하겠느냐? 그런 말은 다시 마라."

"아버지 그 말 마오. 자로(子路)[1]는 현인으로 백리부미(百里負米)하였고, 옛날 제영(緹縈)이는 장안성에 갇힌 아비, 몸을 팔아 속죄하니, 그런 일을 생각하면 사람은 일반인데 이만 일을 못하리까? 너무 만류(挽留) 마옵소서."

심봉사 옳게 여겨 허락하되,

"효녀로다 내 딸이여, 네 말이 기특하니 아무려나 하려무나."

심청이 그날부터 밥을 빌러 나설 적에 먼 산에 해 비치고 앞마을에 연기나니 가련하다 심청이, 베중의[布中衣] 옷 대님 매고 깃만 남은 헌 저고리, 자락 없는 청목휘항(靑木揮項)[2] 볼썽사납게 숙여 쓰고, 뒤축 없는 헌신짝에 버선 없이 발을 벗고 헌

---

1) 공자의 제자로, 성은 중이요, 이름은 유. 자로는 그의 자임. 성품이 강직하고 기개가 용맹하며, 효성이 지극한 사람임. 흉년을 만나 쌀이 귀해지자 100리 밖에까지 가서 몸소 쌀을 져다가 부모를 공양했음.

2) 푸른 무명으로 만든 휘항. '휘양, 휘향이라고도 하며, 목털미까지 덮어 보호한다 하여 지어진 이름이다. 주로 상류층 노인이 애용하였음.

바가지 손에 들고 건넛마을 바라보니, 천산조비(天山鳥飛) 끊어지고 만경인종(萬逕人蹤) 바이없다. 북풍에 모진 바람 살〔矢〕 쏘듯이 불어온다. 황혼에 가는 거동 눈 뿌리는 숲 속에 외로이 날아가는 어미 잃은 까마귀라. 옆걸음쳐 손을 불며 웅크려 건너간다. 건넛마을 다다라서 이집 저집을 부엌문 안 들어서며 가련히 비는 말이,

"모친 상사하신 후에 앞 못 보는 우리 부친 공양할 길 없사오니, 댁에 잡수시는 대로 밥 한 술 주옵소서."

보고 듣는 사람들이 마음이 감동하여 그릇 밥 김치 장을 아끼지 않고 덜어 주며,

"아가, 어서 어한(禦寒)3)하고 많이 먹고 가거라."

하는 말은 가련한 정에 감동되어 고마운 마음으로 하는 말이라. 그러나 심청이는,

"추운 방에 늙은 부친 나 오기만 기다리니, 나 혼자 먹사오리까?"

하는 말은 또한 부친을 생각하는 지정에서 나옴이더라.

이렇게 얻은 밥이 두세 그릇 족한지라, 심청이 급한 마음 속속히 돌아와서 사립문 밖에 당도하며,

"아버지 춥지 않소? 대단히 시장하시지요? 여러 집을 다니자니 자연 지체되었나이다."

심봉사가 딸을 보내고 마음을 놓지 못하다가, 딸 소리를 반겨 듣고 문을 벌떡 열고,

"애고 내 딸, 너 오느냐?"

---

3) 추운 때에 따뜻한 음식이나 더운 술을 먹어서 추위를 막아 낸다는 말.

두 손목을 덥석 잡고,

"손 시리지 않느냐? 화로에 불 쬐어라."

부모 마음은 자식 아끼는 것같이 간절한 것은 없는 터이라. 심봉사가 기가 막혀 훌쩍 눈물지으며,

"애달프도다 내 팔자야, 앞 못 보고 구차하여 쓰지 못할 이 목숨이 살면 무엇 하자고 자식 고생시키는고."

심청의 장한 효성 부친 위로하여,

"아버지, 서러워 마시오. 부모께 봉양하고 자식의 효 받는 것이 이 천지에 떳떳하고 사체(事體)에 당연하니 너무 심화 마옵소서."

이렇게 봉양하여 춘하추동 사시절을 쉬는 날 없이 밥을 빌고, 나이 점점 들수록 침선(針線) 여공(女功)으로 삯을 받아 부친 공경을 한결같이 하더라.

세월이 흐르는 물과 같아 심청이 15세가 되니, 얼굴이 국색(國色)[1]이요 효행이 출천한 중, 재질이 비범하고 문필도 유려하여 인의예지(仁義禮智)·삼강행실(三綱行實)·백집사가감(百執事可堪)하니, 천생려질(天生麗質)이라. 여자 중의 군자요, 새 무리 중의 봉황이요, 꽃 중의 모란(牧丹)이라. 상하촌(上下村) 사람들이 모친계적(母親繼績)하였다고 칭찬이 자자하여 원근에 전파하니, 하루는 건넛마을 무릉촌(武陵村)의 장 승상(張丞相)[2] 부인이 심청의 소문을 들으시고 시비(侍婢)를 보내어 심소저(沈小姐)를 청하거늘, 심청이 그 말 듣고 부친 앞에 여쭈오되,

"아버지, 천만의외에 장 승상 부인께서 시비에게 분부하여

---

1) 나라 안에서 가장 아름다운 여자.
2) 승상은 벼슬 이름으로, 우리말로 정승과 같음.

소녀를 부르시니, 시비와 함께 가오리까?"

"일부러 부르신다니 아니 가 뵈옵겠느냐. 가 보아라. 그 부인이 일국의 재상 부인이니 조심하여 다녀오너라."

"아버지, 소녀가 더디 다녀오게 되면 그간 시장하실 터이니, 진짓상을 보아 탁자 위에 놓았으니 시장하시거든 잡수시오. 쉬이 다녀오리다."

하직하고 물러서서 시비를 따라갈 제, 천연하고 단정하게 천천히 걸음 걸어 승상 문전에 당도하니, 문전에 드린 버들은 어류춘색(御柳春色)을 자랑하고 담 안에 기화요초(琪花瑤草)[3]는 중향성(衆香城)[4]을 열어 놓은 듯, 중문 안을 들어서니 당우(堂宇)가 웅장하고 장식도 화려하다. 중계(中階)에 다다르니 반백이 넘은 부인의 의상(衣裳)이 단정하고 기부(肌膚)가 풍부하여 복록이 가득하다. 심청을 반겨 보고 일어서 맞은 후에 심청의 손을 잡고,

"네 과연 심청이냐? 듣던 말과 다름없구나."

자리를 주어 앉힌 후에 자세히 살펴보니 별로 단장한 바도 없거늘 천자(天姿) 봉용(丰容) 국색(國色)이라. 염용(斂容)[5]하고 앉은 모양이 백석청탄(白石淸灘) 시냇가에 목욕하고 앉은 제비가 사람보고 날려는 듯, 얼굴이 뚜렷하여 천심(天心)에 돋은 달이 수변(水邊)에 비치는 듯, 추파(秋波)[6]를 흘려뜨니, 새벽비 갠

---

3) 아름다운 꽃과 풀.
4) 중향국이라고도 함. 〈유마경(維摩經)〉 '향적불품(香積佛品)'에 나오는 말로서 "항하(恒河)의 모래처럼 많은 부처님의 나라를 지나면 향적불(香積佛)이 교화하는 나라가 있는데 그곳의 이름이 중향(衆香)이다." 하였다.
5) 아리따운 용모.
6) 아름다운 여자의 눈이 가을철의 잔잔한 물같이 맑음.

하늘에 경경(耿耿)한 샛별 같고, 팔자청산(八字靑山)[1] 가는 눈썹은 초생편월(初生片月) 정신이요, 양뺨의 고운 빛은 부용화(芙蓉花)[2]가 새로 핀 듯, 단순호치(丹脣皓齒) 말하는 모양이 농산(隴山)의 앵무(鸚鵡)[3]와 같다.

"전생(前生)의 일을 네가 모를 것이나 분명한 선녀로다. 도화동(桃花洞)에 적하(謫下)[4]하니 월궁에 놀던 선녀가 벗 하나를 잃었도다. 무릉촌에 내가 있고 도화동에 네가 나니 무릉촌에 봄이 들고 도화동에 개화(開花)로다. 탈천지지정기(奪天地之精氣)[5]하니 비범한 네로구나. 심청아, 내 말 듣거라. 승상은 기세(棄世)하시고 아들은 3형제나 모두 다 황성(皇城)에 가 여환(旅宦)[6]하고, 다른 자식과 손자는 없다. 슬하에 말벗이 없어 자나 깨나 적적한 빈 방 안에 대하느니 촛불이요, 길고 긴 겨울 밤에 보는 것이 고서(古書)로다. 네 신세를 생각하니 양반의 후예(後裔)로서 저렇듯 빈곤하니, 어찌 아니 불쌍하랴. 내 수양딸이 되면 살림도 가르치고 글공부도 시켜 친딸같이 길러 내어 말년 재미를 보고자 하는데 너의 뜻이 어떠하냐?"

---

1) 팔자형의 청산, 곧 눈썹을 가리켜 말함.
2) 꽃나무 이름. 낙엽관목으로 길이가 1~3미터 되고 잎이 오동잎과 비슷하며, 가을에 꽃이 피는데, 홍·백·황 등 여러 빛이 있음.
3) 중국 송나라 고종 황제가 농중에서 앵무 수백 마리를 구해다가 궁중에 기르는데, 다들 사람의 말을 잘했음. 어느 날 고종이 앵무들에게 '너희들 고향 생각을 하느냐?'고 물었더니, 앵무들이 '고향에 돌아가기 원한다.'고 대답했다. 고종이 곧 내시를 시켜 앵무들을 데리고 농중에 가서, 산 속에 놓아 주게 했다. 그 후에 사신이 농산을 지나가던 중, 농중 나뭇가지 위에서 앵무가 '상황께서 안녕하시오?' 하고 묻는 소리를 듣고 매우 감동해서 시를 지었는데 여기에 나옴.
4) 하늘에서 이 세상으로 귀양왔다는 말.
5) 천지의 정기를 담쏙 안고 나옴.
6) 고향을 떠나 객지에 가서 벼슬한다는 말.

심청이 여쭈오되,

"팔자가 기구(崎嶇)하여 저 낳은 지 7일 만에 모친이 세상을 떠나시고, 앞 못 보는 늙은 부친이 저를 안고 다니면서 동냥젖을 얻어 먹여 근근히 길러 내어 이만큼 되었사온데, 모친의 얼굴도 모르는 일이 철천지한(撤天之恨)이 되어 그칠 날이 없기로, 저의 부모를 생각하여 남의 부모도 공경하였거늘, 오늘 승상 부인 존귀하신 처지로서 미천함을 불구하고 딸을 삼으려 하시니, 어미를 다시 본 듯 반갑고도 황송하나, 부인 은혜로 몸은 영화롭고 부귀하겠지만, 앞 못 보는 우리 부친 사철 의복, 조석 공양 뉘라서 하오리까? 길러 내신 부모은덕 사람마다 있거니와, 이 몸은 더욱 부모 은혜 비할 데 없사오니 슬하를 일시라도 떠날 수가 없습니다."

목이 메어 말을 잇지 못하고 눈물이 흘러내려 옥면(玉面)에 젖는 형용이 춘풍세우(春風細雨)가 도화(桃花)에 맺혔다가 점점이 떨어진 듯하니, 부인이 듣고 가상하여,

"네 말을 들으니 과연 출천지효녀로다. 노혼(老昏)한 이 늙은이 미처 생각지 못하였구나."

그렁저렁 날이 저무니 심청이 일어서며 부인 전에 여쭈오되,

"부인의 덕택으로 종일토록 놀다 가니 영광이 무비(無比)오나, 일력(日力)이 다 하오니 제 집으로 가겠나이다."

부인이 연연하여 비단과 패물이며 양식을 후히 주어 시비와 함께 보낼 적에,

"심청아, 내 말 듣거라. 너는 부디 나를 잊지 말고 모녀간의 의를 지켜라."

"부인의 고마우신 뜻이 이러하시니 삼가 그 말씀을 따르오리

다."
하고 절하며 하직하고 돌아오더라.
 그때 심봉사는 무릉촌에 딸을 보내고, 말벗 없이 혼자 앉아 딸 오기만 기다릴 제, 배는 고파 등에 붙고 방은 추위 썰렁하고 잘 새는 날아들고 먼 곳에 있는 절에서 쇠북 소리 들리니, 날이 저문 줄 짐작하고 혼잣말로 자탄하기를,
 "내 딸 청이는 응당 쉬이 오련마는 무슨 일에 골몰하여 날 저무는 줄 모르는고. 부인이 잡고 아니 놓나, 풍설이 슬슬(瑟瑟)하니 몸이 추워 못 오는가. 우리 딸 장한 효성 불피풍우(不避風雨) 오련마는."
 눈바람에 길 가는 사람 보고 짖는 개소리에,
 "청이 너 오느냐?"
 낙엽만 버석해도,
 "청이 너 오느냐?"
 아무리 기다려도 적막공산(寂寞空山) 일모도궁(日暮途窮), 인적이 전혀 없다.
 심봉사는 갑갑하여 지팡막대 걸터 짚고 딸 오는 데 마중간다. 더듬더듬 주춤주춤 사립문 밖에 나가다가 비탈에 발이 삐끗 밀려 개천물에 풍덩하고 떨어지니, 얼굴에는 진흙이요 의복이 다 젖었다. 두 눈을 희번덕, 두 팔을 허위적, 나오려면 더 빠지고, 사방 물이 출렁거려 물소리 요란하니, 심봉사가 겁을 내어,
 "아무도 없소? 사람 살리시오!"
 몸이 점점 깊이 빠져 허리 위로 물이 도니,
 "아이고, 나 죽는다."
 차차 물이 올라와서 목덜미를 감도니,

"허푸허푸, 아이고, 사람 죽소!"

아무리 소리친들 내인거객(來人去客) 그쳤으니 도대체 뉘라서 건져 주랴. 그때 몽운사(夢雲寺) 화주승(化主僧)이 절을 중창(重創)¹⁾하려 하고 권선문(勸善文)²⁾ 둘러 메고 시주(施主) 집에 내려왔다 절을 찾아 올라갈 제 총총 걸어가는 거동, 얼굴은 형산백옥(荊山白玉)³⁾ 같고 눈은 소상강(瀟湘江) 물결이라. 양귀(兩耳)가 축 처져 수수과슬(垂手過膝)⁴⁾하였는데 실긋갓⁵⁾ 총감투 뒤를 눌러 흠뻑 쓰고 당상(堂上) 금관자(金貫子) 귀 위에다 떡 붙여 백세포(白細布) 큰 장삼 홍띠 눌러 띠고 구리 백통 은장도(銀粧刀) 고름에 늦추 차고, 염주(念珠) 목에 걸고 단주(團珠)⁶⁾ 팔개(八箇) 팔에 걸고 소상반죽(瀟湘斑竹) 열두 마디 쇠고리〔鐵環〕 길게 달아 철철 느려 짚고 흐늘거려 올라간다.

이 중이 어떤 중인가. 육관대사(六觀大師)⁷⁾ 사명(使命)을 받아 용궁(龍宮)에 문안가다 약주 취하게 먹고 춘풍석교상(春風

---

1) 낡은 건물을 고쳐서 다시 새롭게 지음.
2) 절에서 새로 건축을 하거나, 수리를 하거나, 그 밖에 큰일이 있을 때에 일반 신도들에게 시주를 걷는데, 그 시주하는 사람의 성명과 시주하는 물품 또는 금전의 액수를 적는 방명록을 권선문이라고 함.
3) 형산은 중국 호북성 남담현 서쪽에 있는 산으로, 좋은 옥이 난다고 함.
4) 손길을 아래로 드리우면 무릎을 지나감. 곧 팔이 길어서 손이 무릎 아래로 내려간다는 말.
5) 중이 쓰는 갓으로, 대쪽으로 엮어 삿갓 비슷하게 작게 만든 것도 있고 말총이나 실로 짜서 대우를 만들고, 양태를 달아 보통 갓 비슷하되, 애우의 꼭대기가 둥글며, 그 위에 묘하게 만든 꼭지를 달아서 쓰는 것도 있음.
6) 나무로 밤알만큼 크게 깎아 만든 구슬 여덟 개를 끈에 꿰어 두 끈을 잡아 매어서 팔목에 거는 것.
7) 김만중의 소설 《구운몽》에 나오는 인물로, 불학(佛學)이 높은 법사로서, 중국 남악 형산에 도장(道場)을 베풀고, 제자를 모아 수도했다 함.

石橋上) 팔선녀(八仙女)¹⁾를 희롱하던 성진(性眞)²⁾이도 아니요, 삭발(削髮)은 도진세(逃塵世)요, 존염(存髥)은 표장부(表丈夫)³⁾라던 사명당(四溟堂)도 아니요, 몽운사 화주승이 시주 집 내려왔다가 청산은 암암하고 설월(雪月)은 돌아올라, 석경(石逕) 좁은 길로 흔들흔들 흐늘거려 올라갈 제, 풍편에 슬픈 소리 사람을 청하거늘 이 중이 의심내어,

"이 울음이 웬 울음? 마외역(馬嵬驛)⁴⁾ 저문 날 양태진(楊太眞)의 울음인가, 호기설곡(胡騎雪窖)⁵⁾ 찬바람에 중통군을 이별하던 소중랑의 울음인가, 이 소리가 웬 소린고?"

그곳을 찾아가니 어떤 사람이 개천물에 떨어져 거의 죽게 되었거늘, 그 중은 깜짝 놀라 굴갓과 장삼을 훨훨 벗어 되는 대로 내버리고, 짚었던 구절죽장(九節竹杖)은 되는 대로 내던지고, 행전·대님·버선 벗고 누비바지 아래를 둘둘 말아 자감이에 딱 붙여 백로규어격(白鷺窺魚格)⁶⁾으로 징검징검 들어가서 심봉사의 가는 허리를 후리쳐 담쑥 안아 '어뚜름 이어차!' 밖에다 앉힌 후에 자세히 보니 전에 보던 심봉사라.

"허허, 이게 웬일이오?"

---

1) 남악 형산의 여선(女仙) 위부인의 여덟 제자.
2) 육관대사의 첫째 가는 제자의 이름.
3) 중이 머리 깎음은 진세(塵世)에서 도피함을 뜻함이요, 수염은 남자임을 보임.
4) 중국 섬서성 흥평현 서쪽 25리 되는 곳에 있는 진역(鎭驛). 당나라 현종 황제가 귀비 양태진의 미색에 빠져 국정을 그르쳐, 역적 안록산이 반란을 일으켰다. 이에 현종이 마외역이란 곳에 이르러, 군심(軍心)이 격동되어 양귀비를 죽이라고 하므로, 현종이 비통하지만 군심을 억제할 수 없으므로 마침내 양귀비로 하여금 목을 매어 죽게 했음. 역에서 반 리쯤 되는 곳에 그 무덤이 있어, 오고가는 이들의 눈물을 짓게 함.
5) 되놈의 말은 뛰고, 눈구덩이 치운 북방. 곧 흉노의 땅을 일컬음.
6) 갈매기가 고기를 노리고, 꾸벅꾸벅 슬금슬금 걸어 들어가는 모양처럼.

심봉사 정신차려,

"나 살린 이, 거 누구시오?"

"소승은 몽운사 화주승이올시다."

"그렇지, 활인지불(活人之佛)이로군! 죽은 사람 살려주니 은혜 백골난망(白骨難忘)이오."

그 중이 손을 잡고 심봉사를 인도하여 방 안에 앉힌 후, 젖은 의복을 벗겨 놓고 마른 의복을 입힌 후에, 물에 빠진 내력을 물은즉, 심봉사가 신세자탄하며 전후사정을 말하니 중이 말하기를,

"우리 절 부처님이 영험이 많으셔서 빌어서 아니 되는 일 없고 구하면 응하시나니, 부처님전에 공양미 300석을 시주로 올리옵고 지성으로 불공을 드리면 생전에 눈을 떠서 천지만물 좋은 구경 성한 사람이 되오리다."

심봉사가 그 말을 듣고 처지는 생각지 않고 눈을 뜬다는 말만 반가와서,

"여보시오, 대사! 공양미 300석을 권선문에 적어 가소."

그 중이 허허 웃고,

"적기는 적사오나 댁 가세를 둘러보니, 300석을 주선할 길 없을 듯하오이다."

심봉사가 화를 내어,

"여보시오, 대사가 사람을 몰라보네. 어떤 실없는 사람이 영하신 부처님전에 빈말을 하겠소? 눈도 못 뜨고 앉은뱅이마저 되게! 사람을 너무 업신여기지 말고 당장 적으시오! 그렇지 않으면 칼부림이 날 터이니!"

화주승이 바랑을 펼쳐 놓고 제일 윗줄 붉은 칸에,

'심학규 미(米) 300석'

이라 대서특서(大書特書)하더니 하직하고 돌아가더라. 심봉사가 화주승을 보내고, 화 꺼진 뒤에 생각하니 이는 긁어 부스럼이요, 도리어 후환(後患)이라. 혼자 자탄하여,

"내가 공을 드리려다 만약에 죄가 되면 이를 장차 어찌 하잔 말인가?"

묵은 근심 새 근심이 불같이 일어나니 신세 자탄하여 통곡하는 말이,

"천지가 지공(至公)하사 별로 후박이 없건마는 이내 팔자 어이하여 형세 없고 눈이 멀어, 일월같이 밝은 것을 전혀 분별할 수 없고, 처자(妻子) 같은 정든 사이도 마주 대하여 못 보는가. 우리 망처(亡妻) 살았으면 조석 근심 없을 것을, 다 커가는 딸자식을 온 동네에 내놓아서 품을 팔고 밥을 빚어 근근 호구하는 중에 300석이 어디 있어 호기 있게 적어 놓고, 백 가지로 헤아려도 방책이 전혀 없으니 이를 어찌한단 말인가. 독개 그릇 다 팔아도 한 되 곡식 살 것 없고, 장롱과 함을 방매한들 단돈 닷 냥에도 사지 않을 것이고, 집이라도 팔자 하나 비바람을 못 가리니 나라도 안 사겠네. 내 몸이나 팔자 한들 눈 못 보는 이 잡것, 어느 누가 사 가리오. 어떤 사람 팔자 좋아 이목구비 완전하고 수족을 구비하여 곡식이 진진, 재물이 넉넉, 용지불갈(用之不竭) 취지무궁(取之無窮)[1], 그른 일이 없건마는 나는 혼자 무슨 죄로 이 몰골이 되었는가, 애고 애고 설운지고."

한참 이리 슬피 울 제, 이때 심청이 속속히 돌아와서 닫힌 방

---

1) 써도 마르지 않고 취해도 없어지지 않는다는 뜻으로, 넉넉하다는 말.

문을 펄쩍 열고, '아버지!' 부르더니, 저의 부친 모양을 보고 깜짝 놀라 달려들어,

"애고, 이게 웬일이시오? 나 오는가 마중코자, 저 문 밖에 나오시다 이런 욕을 보셨나이까? 벗으신 의복 보니 물에 흠뻑 젖었으니 물에 빠져 욕보셨소? 애고 아버지, 춥긴들 오죽하며 분함인들 오죽할까."

승상 댁 시비더러 방에 불을 때 달라고 부탁하고 치마를 걷어 쥐고 눈물을 씻으면서 얼른 밥을 지어 부친 앞에 상을 놓고,

"아버지, 진지 잡수시오."

심봉사 어쩐 곡절인지,

"나 밥 아니 먹으련다."

"어디 아파 그러시오? 소녀가 더디 오니 괘씸하여 그러시오?"

"아니다."

"무슨 근심이라도 계시니까?"

"네 알 일 이니라."

"아버지, 그 무슨 말씀이오? 소녀는 아버지만 바라고 사옵고 아버지께서는 소녀를 믿어 대소사를 의논하더니, 오늘날에 무슨 일로 네 알 일이 아니라니, 소녀 비록 불효이나 말씀을 속이시니 마음이 슬프옵니다."

하고 심청이 훌쩍훌쩍 우니 심봉사가 깜짝 놀라,

"아가 아가, 우지 마라. 너 속일 리 없지마는 네가 만일 알고 보면 지극한 네 효성이 걱정이 되겠기로 진작 말을 못 하였다. 아까 너 오는가 문 밖에 나가다가 개천물에 빠져서 거의 죽게 되었더니, 몽운사 화주승이 나를 건져 살려 놓고 내 사정 물어

보기에 내 신세 생각하고 전후 말을 다 하였더니, 그 중이 듣고 말을 하되 몽운사 부처님이 영험하기 다시 없으니, 공양미 300석을 불전(佛典)에 시주하면 생전에 눈을 떠서 성한 사람이 된다기에 형편은 생각지 않고 홧김에 적었더니 도리어 후회로다."

심청이 그 말을 듣고 반겨 웃으며 대답하되,

"후회를 하시면 정성이 못 되오니 아버지 어두우신 눈 정녕 밝아 보일 양이면 300석을 아무쪼록 준비하여 보리다."

"네 아무리 애를 쓴들 안빈낙도(安貧樂道) 우리 형세, 단 100석인들 할 수 있겠느냐?"

"아버지, 그 말 마오. 옛일을 생각하니 왕상(王祥)[1]은 구빙(扣氷)하여 얼음 구멍에서 잉어를 얻고, 맹종(孟宗)은 읍죽(泣竹)하여 눈 가운데 죽순(竹筍) 나니, 그런 일을 생각하오면 출천대효(出天大孝) 사친지절(事親之節)이 옛사람만 못하여도 지성(至誠)이면 감천(感天)이라 하니, 아무 걱정 마옵소서."

심청이 부친의 말을 듣고 그날부터 뒤꼍을 정히 하고 황토로 단(壇)을 쌓아 두고 좌우에 금(禁)줄[2]을 매고 정화수 한 동이를 소반 위에 받쳐 놓고 북두칠성 호반(號盤)에 분향재배한 연후에, 두 무릎을 공손히 꿇고 두 손을 합장하여 비는 말이,

"상천(上天) 일월 성신(星辰)이며, 하지(下地) 후토(后土) 성

---

1) 왕상은 중국 진(晉)나라 사람으로, 그 어머니는 일찍 죽고 계모 주씨를 지극한 효성으로 섬겼다. 겨울에 어머니가 생선을 먹고자 했는데 날이 춥고 얼음이 굳게 얼어 구할 길이 없자 왕상이 강에 가서 얼음을 깨뜨리고 고기를 구하려고 했다. 그러자 문득 잉어 두 마리가 얼음 구멍으로부터 뛰어나와, 이것을 잡아 집에 돌아가서 어머니를 공양했다고 함.
2) 신에게 치성을 드릴 때에는, 먼저 깨끗한 곳을 가려 깨끗한 흙(황토)으로 제단을 쌓고, 그곳에 불결한 사람이 다니지 못하도록 제단 주위에 말뚝을 박고 새끼줄로 둘러매어 통행을 금하는 줄.

황(城隍) 사방지신(四方之神), 제천제불(諸天諸佛) 석가여래 팔금강보살(八金剛菩薩) 소소응감(昭昭應感)3)하옵소서. 하느님이 만드신 일월은 사람에게는 눈과 같은지라. 일월이 없사오면 무슨 분별 하오리까. 소녀 아비 무자생(戊子生) 20후 눈이 멀어 사물(事物)을 못 보오니, 소녀 아비 허물일랑 제 몸으로 대신하고 아비 눈을 밝게 하여 천생연분 짝을 만나 오복(五福)4)을 갖게 주어, 수부다남자(壽富多男子)를 점지하여 주옵소서."

이렇게 주야로 빌었더니, 도화동 심소저는 천신(天神)이 아는지라 흠향(歆饗)5)하시고 앞일을 인도하셨더라. 하루는 유모 귀덕어미가 오더니,

"아가씨, 이상한 일 보았나이다."

"무슨 일이 이상하오?"

"어떠한 사람인지 10여 명씩 다니면서 값은 고하간에 15세 처녀를 사겠다고 다니니 그런 미친놈들이 있소?"

심청이 속마음에 반겨 듣고,

"어보, 그 말이 진정이오? 정말로 그리 될 양이면 그 다니는 사람 중에 노숙(老熟)하고 점잖은 사람을 불러오되, 말이 밖에 나지 않게 조용히 데려오오."

귀덕어미 대답하고 과연 데려왔는지라. 처음은 유모를 시켜 사람 사려는 내력을 물은즉 그 사람의 대답이,

"우리는 본디 황성(皇城) 사람으로서 상고(商賈)차로 배를 타고 만 리 밖에 다니더니, 배 갈 길에 인당수라 하는 물이 있어 변화

---

3) 사람이 지극한 정성으로 신을 섬기면 신이 감동한다는 뜻.
4) 수(壽)·부(富)·강녕(康寧)·유호덕(攸好德)·고종명(考終命) 등 인간의 다섯 가지 복.
5) 신에게 드리는 제사를 신이 먹는다는 뜻.

불측(變化不測)하여 자칫하면 몰사(沒死)를 당하는데 15세된 처녀를 제수(祭需) 넣고 제사를 지내면, 수로(水路) 만 리를 무사히 왕래하고 장사도 흥왕하옵기로 생애(生涯)가 원수로 사람 사러 다니오니, 몸을 팔 처녀가 있사오면 값을 관계치 않고 주겠나이다."

심청이 그제야 나서며,

"나는 본촌 사람으로 우리 부친 앞을 보지 못하여 세상을 분별하지 못 하기로, 평생에 한이 되어 하느님 전에 축수하더니, 몽운사 화주승이 공양미 300석을 불전에 시주하면 눈을 떠서 보리라 하되, 가세가 지빈(至貧)하여 주선할 길 없삽기로 내 몸을 방매하여 발원(發願)[1]하기 바라오니 나를 사 가는 것이 어떠하오? 내 나이 15세라 그 아니 적당하오?"

선인이 그 말 듣고 심소저를 보더니, 마음이 억색(臆塞)하여 다시 볼 정신이 없어 고개를 숙이고 묵묵히 섰다가,

"낭자 말씀 듣자오니, 갸륵하고 장한 효성 비할 데 없습니다."

이렇듯이 치하한 후에 저의 일이 긴한지라,

"그리하오."

하고 허락하더라.

"행선날이 언제입니까?"

"내월 15일이 행선할 날이오니 그리 아옵소서."

피차에 상약을 하고 그날에 선인들이 공양미 300석을 몽운사에 보냈더라. 심소저는 귀덕어미를 백 번이나 단속하여 말 못 내게 한 연후에, 집으로 들어와 부친 전에 여쭈오되,

"아버지!"

---

1) 신 앞에서 소원을 말하는 것.

"왜 그러느냐?"

"공양미 300석을 몽운사로 올렸나이다."

심봉사가 깜짝 놀라서,

"그게 웬 말이냐? 300석이 어디 있어 몽운사로 보냈어?"

심청이 같은 타고난 효녀가 어찌 부친을 속일까마는 사세부득이라 잠깐 속여 여쭙는다.

"일전에 무릉촌 장 승상 댁 부인께서 소녀보고 말씀하기를, 수양딸 노릇하라 하되 아버지 계시기로 허락 아니하였는데, 사세 부득하여 이 말씀 사뢰었더니 부인이 반겨 듣고 쌀 300석을 주시기에 몽운사로 보내옵고 수양녀로 팔렸나이다."

심봉사가 물색[2] 모르고 크게 웃으며 즐겨 한다.

"어허, 그 일 잘되었다. 언제 데려간다더냐?"

"내월 15일날 데려간다 하옵니다."

"네가 거기 가서 살더라도 나 살기 관계찮지. 어! 참으로 잘되었다."

부녀긴에 이같이 분답하고 부친 위로한 후, 심청이 그날부터 선인을 따라 갈 일을 곰곰 생각하니, 사람이 세상에 생겨나서 한때를 못 보고 이팔청춘에 죽을 일과 앞 못 보는 부친 영결(永訣)하고 죽을 일이 정신이 아득하여, 일에도 뜻이 없어 식음을 전폐하고 근심으로 지내다가 다시 생각하여 보니, 엉클어진 그물이 되고 쏘아 놓은 화살이로다[3].

"내 몸이 죽으면 춘하추동 사시절에 부친 의복 뉘라서 다 할

---

2) 아무런 형편을 모르고 지각 없이 말이나 행동을 함.
3) 한번 얽어 놓은 그물은 다시 풀기 어렵고 한번 쏜 화살은 다시 돌아올 수 없음. 한번 이미 저질러 놓은 일은 다시 회복할 수 없다는 말.

까. 아직 살아 있을 때에 아버지 사철 의복 마지막으로 지어 드리리라."

하고 춘추 의복과 하동 의복을 꼭꼭 싸서 농에 넣고, 갓 망건도 새로 사서 걸어 두고 행선날을 기다릴 제, 하룻밤이 격한지라. 밤은 깊어 삼경(三更)인데 은하(銀河)는 기울어져 촛불이 희미할 제, 두 무릎을 쪼그리고 아무리 생각한들 심신이 난정(難定)이라. 부친의 벗은 버선볼이나 봐 두리라. 바늘에 실을 꿰어 드니 하염없는 눈물이 간장에서 솟아올라 경경열열(哽哽咽咽)하여 부친의 귀에 들리지 않게 속으로 느껴 울며, 부친의 낯에다가 얼굴도 가만히 대어 보고 수족도 만지면서,

"오늘밤 뫼시면은 다시는 못 볼 테지. 내가 한 번 죽어지면 여단수족(如斷手足) 우리 부친 누굴 믿고 살으실까. 애닳도다 우리 부친, 내가 철을 안 연후에 밥 빌기를 하였더니 이제 내 몸이 죽게 되면 춘하추동 사시절을 동네 걸인 되겠구나. 눈총인들 오죽하며 괄시(恝視)인들 오죽할까. 부친 곁에 내가 뫼셔 100세까지 공양하다가 이별을 당하여도 망극한 이 설움이 측량할 수 없겠거든, 하물며 생이별이 고금 천지간에 또 있을까? 우리 부친 곤한 신세 적수단신(赤手單身) 살자 한들 조석공양 뉘라 하며, 고생하다 죽사오면 또 어느 자식 있어 머리 풀고 애통해하며 초종(初終) 장례 소대기며 연년 오는 기제사(忌祭祀)에 밥 한 그릇 물 한 그릇 뉘라서 차려 놓을까. 몹쓸 년의 팔자로다. 7일 만에 모친 잃고 부친마저 이별하니 이런 일도 또 있는가. 하량락일수천리(河梁落日數千里)[1]는 소통국(蘇通國)의 모자 이별[2], 편삽수유소일인(遍挿茱萸少一人)[3]은 용산(龍山)의 형제이별, 정객관산로기중(征客關山路幾重)[4]은 오희월녀(吳姬越女)[5] 부부 이별, 서출양관무고인(西出陽關

無故人)6)은 위성(渭城)의 붕우 이별, 그런 이별만 하여도 피차 살아 당한 이별, 소식 들을 날이 있고 만나 볼 때 있었으나, 우리 부녀의 이별은 내가 영영 죽어 가니, 어느 때에 소식 알며 어느 날에 만나 볼까. 돌아가신 우리 모친 황천(黃泉)으로 들어가고, 나는 이제 죽게 되면 수궁(守宮)으로 갈 터이니, 수궁에 들어가서 모녀상봉을 하자 한들 황천과 수궁길이 수륙이 현수(懸殊)하니 만나 볼 수 전혀 없네. 수궁에서 황천 가기 몇친 리나 뙤는시 황천을 묻고 물어 불원천리 찾아간들 모친이 나를 어이 알며 나는

---

1) 이것은 이별을 읊은 것으로, '하량에 날은 저물고 앞길은 수천리인데'라는 뜻임. 중국 한나라 무제 때에 흉노가 강성해서 자주 침범하므로 이릉은 장수로 싸우다가 흉노에 항복하고, 소무는 사신으로 갔다가 잡혀 갇혀 여러 해를 지내다가, 소제 때에 이르러 강화되어 소무는 놓여 귀국했다. 이 시는 이릉이 소무를 송별할 때 지은 것으로 변작한 것임. 하량은 당시 그곳의 지명으로, 이릉의 시 이후로 이별하는 터를 하량이라 부름.
2) 한나라 무제 때에 소무가 흉노에 사신으로 갔다가 단우가 항복하라고 협박하는 것을 듣지 않고 잡혀 갇힌 뒤 19년 동안 돌아오지 못하고 갖은 고생을 견디면서 절개를 잃지 않고 있다가, 소제 때에 한나라와 흉노가 강화하므로 소무가 흉노국에 오래 있는 동안, 호녀(胡女)를 취해 이름을 통국이라고 했음. 국제 관계로 그 아들을 데리고 오지 못하고 그곳에 둔 뒤 선제 때에 이르러 사신 편에 뇌물 2천 금을 보내어 흉노의 허락을 얻어 데려왔으나 통국은 올 수 없어 모자가 영영 이별을 하게 되었음.
3) 옛적 중국 풍속에 9월 9일에 한 가족이 같이 높은 산에 올라가서, 산수유를 가지째 따서 머리에 꽂거나 비단 주머니에 넣어 차고 국화주를 마시면 앞으로 1년 간, 병을 앓지 않고, 재앙이 물러간다고 해서 널리 성행했음. 당나라 시인 왕유가 타향에서 중구절(重九節)을 당해 자기 집에서 자기 형제들이 함께 산에 올라 이 놀이를 즐겁게 해야 하는데, 자기 한 사람만이 빠져서 피차에 섭섭하겠다는 뜻으로 지은 시에 나옴.
4) 이 말은 중국 당나라 사람 왕발이 지은 〈채연곡〉의 일절로, 뜻은 '길손이 관산을 지내고 넘어 길이 얼마뇨'임.
5) 오와 월은 중국 열국 시대의 나라 이름. 오는 지금의 강소성이요, 월은 절강성으로, 강남임. 예로부터 강남에는 미인이 많다고 해서 강남 화류계의 미인들을 가리켜 일컫는 말이 되었음.
6) 당나라 시인 왕유가 그 친구와 작별할 때 지은 시 중에 나온 구절로, 양관은 중국 감숙성 돈황현에서 서쪽으로 130리 밖에 있는 중요한 관문임.

모친 어이 알리. 만일 알고 뵈옵는 날, 부친 소식 묻자오면 무슨 말로 대답할꼬. 오늘밤 오경시(五更時)를 함지(咸池)¹⁾에 머물게 하고, 내일 아침 돋는 해를 부상(扶桑)²⁾에 매어두면, 하늘 같은 우리 부친 한번 더 보련마는 밤이 가고 해 돋는 일 뉘라서 막을쏜가."

천지가 사정 없어 이윽고 닭이 우니 심청이 기가막혀,

"닭아 닭아, 우지 마라. 반야진관(半夜秦關)에 맹상군(孟嘗君)³⁾이 아니 온다. 네가 울면 날이 새고 날이 새면 나 죽는다. 나 죽기는 섧지 않으나 의지 없는 우리 부친 어찌 잊고 가잔 말인가."

밤새도록 섧게 울고 동방이 밝아오자 부친 진지 지으려고 문을 열고 나서 보니, 벌써 선인들이 사립문 밖에서 주저하며,

"오늘이 행선날이오니, 쉬이 가게 하옵소서."

심청이가 그 말 듣고 대번에 두 눈에 눈물이 빙빙 돌아 목이 메어 사립문 밖에 나아가서,

"여보시오 선인네들, 오늘 행선하는 줄은 내가 이미 알거니

---

1) 해 지는 곳. 하늘 서쪽 맨 끝에는 큰 물이 있으니, 이것을 함지라고 함.
2) 해 뜨는 곳. 하늘 동쪽 맨 끝에 큰 뽕나무가 있고, 그 가지 위에는 금빛나는 수탉이 앉아 있어, 하룻밤이 지나고 날이 새려면 이 닭이 욺. 그러면 이 세상의 모든 닭이 따라서 울고 해가 이 뽕나무 위로 뜨게 되어 이 뽕나무를 부상이라고 함.
3) 중국 전국 시대 제나라 정승이 되어, 설이란 땅에 봉하고 맹상군이라고 일컬었음. 어진 선비를 사방에서 초청하여 그 집에서 밥 먹는 빈객이 늘 3천 명이 되었다고 함. 주나라에 사신으로 갔다가 주소왕이 시기하여 죽이고자 옥에 가두었는데, 그의 객이 주왕의 애첩에게 뇌물을 바치고 임시 수단으로 주선해서 옥에서 나왔다. 그 밤으로 도망가서 주나라의 요새인 함곡관을 벗어나야 했지만, 주나라의 법이 밤에는 관문을 닫고, 새벽에 첫닭이 울어야 비로소 문을 열므로 닭이 울 때가 멀어, 지체하고 있다가는 다시 잡힐 것이 분명했다. 이때 데리고 간 객 가운데 닭의 소리를 잘하는 이가 있어 아주 흡사하게 울었더니 성 안의 닭들이 정말 닭의 울음인 줄로 알고 모두 따라서 울었고, 관문을 지키고 있던 군사가 닭의 우는 소리를 듣고 급히 관문을 열어 맹상군은 무난히 함곡관을 벗어났음.

와 부친이 모르오니 잠깐 지체하시면 불쌍하신 우리 부친 진지나 하여 상을 올려 잡순 후에 말씀 여쭈옵고 떠나게 하오리다."
  선인이 가긍(可矜)하여,
  "그리하오."
  허락하니, 심청이 들어와서 눈물 섞어 밥을 지어 부친 앞에 상을 올리고, 아무쪼록 진지 많이 잡수시도록 하느라고 상머리에 마주 앉아 자반도 뚝뚝 떼어 수저 위에 얹며 놓고 쌈도 싸서 입에 넣어,
  "아버지, 진지 많이 잡수시오."
  "오냐, 많이 먹으마. 오늘은 각별하게 반찬이 매우 좋구나. 뉘 집 제사 지냈느냐?"
  심청이는 기가 막혀 속으로만 느껴 울며 훌쩍훌쩍 소리나니, 심봉사는 물색 없이 귀 밝은 체 말을 한다.
  "아가, 너 몸 아프냐. 감기가 들었나 보구나. 오늘이 며칠이냐? 오늘이 열닷새지, 응?"
  부녀의 천륜이 중하니 몽조(夢兆)가 어찌 없을쏘냐. 심봉사가 간밤 꿈 이야기를 하되,
  "간밤에 꿈을 꾸니, 네가 큰 수레를 타고 한없이 가 보이니 수레라 하는 것은 귀한 사람 타는 것이라. 아마도 오늘 무릉촌 승상 댁에서 너를 가마에 태워 가려나 보다."
  심청이 들어 보니 분명히 자기 죽을 꿈이로다. 속으로 슬픈 생각 가득하나 겉으로는 아무쪼록 부친이 안심하도록,
  "그 꿈이 참 좋습니다."
  대답하고, 진짓상을 물려 내고 담배 피워 물려 드린 후에, 사당에 하직차로 세수를 정히 하고 눈물 흔적을 없앤 후에 정한

의복 갈아입고 후원에 돌아가서 사당문 가만히 열고 주과(酒果)를 차려 놓고 통곡 재배 하직할 제,

"불효 여식 심청이는 부친 눈을 뜨게 하려고 남경장사 선인들에게 300석에 몸이 팔려 인당수로 돌아가니, 소녀가 죽더라도 부친의 눈 뜨게 하고 착한 부인 작배(作配)하여 아들 낳고 딸을 낳아 조상향화(祖上香火)[1] 전하게 하소서."

이렇게 축원하고 문 닫으며 우는 말이,

"소녀가 죽사오면 이 문을 누가 여닫으며, 동지, 한식, 단오, 추석 사명절(四名節)이 온들 주과포혜를 누가 다시 올리오며 분향재배(焚香再拜) 누가 할꼬. 조상의 복이 없어 이 지경이 되옵는지 불쌍한 우리 부친 무강근지친족(無强近之親族)하고, 앞 못 보고 형세 없어 믿을 곳이 없이 되니 어찌 잊고 돌아갈까."

우르르 나오더니 자기 부친 앉은 앞에 섰다 철썩 주저앉아, 아버지를 부르더니 말 못하고 기절한다.

심봉사 깜짝 놀라,

"아가 아가, 웬일이냐? 봉사의 딸이라고 누가 정가하더냐[2]? 어쩐 일이냐, 말좀 하여라."

심청이 정신차려,

"아버지······."

"오냐."

"제가 불효 여식으로 아버지를 속였소. 공양미 300석을 누가 저를 주오리까. 남경 장사 선인들께 300석에 몸이 팔려 인당수

---

1) 조상에게 향을 피우고 촛불을 밝혀 제사를 받든다는 말로, 후손이 있어서 조상의 혈통을 이어간다는 말로 씀.
2) 흠을 잡아 흉보더냐.

제수(祭需)로 가기로 하여 오늘이 행선날이오니 저를 오늘 망종 보오."

사람이 슬픔이 극진하면 도리어 가슴이 막히는 법이라, 심봉사가 하도 기가 막혀 울음도 아니 나오고 실성을 하는데,

"애고, 이게 웬 말이냐, 응! 참말이냐, 농담이냐? 말 같지 아니하다. 나더러 묻지도 않고 네 마음대로 한단 말이냐? 네가 살고 내 눈 뜨면 그는 응당 좋으려니와 네가 죽고 내 눈 뜬들 그게 무슨 말이 되랴. 너의 모친 너를 낳은 지 7일 만에 죽은 후에, 눈조차 어두운 놈이 품안에 너를 안고 이집 저집 다니면서 동냥젖 얻어 먹여 그만치 자랐기로 한시름 잊었더니, 이게 웬 말이냐? 눈을 팔아 너를 살지언정 너를 팔아 눈을 산들 그 눈 해서 무엇하랴. 어떤 놈의 팔자로 아내 죽고 자식 잃고 사궁지수(四窮之首)3)가 된단 말인가. 네 이 선인놈들아! 장사도. 좋거니와 사람 사다 제수하는 걸 어디서 보았느냐? 하느님의 어지심과 귀신의 밝은 마음, 앙화가 없을쏘냐. 눈먼 놈의 무남독녀 칠모르는 어린것을 나 모르게 유인하여 산단 말이 웬 말이냐? 쌀도 싫고 돈도 싫고 눈 뜨기 내 다 싫다. 네 이 독한 상놈들아! 옛 일을 모르느냐? 칠년대한(七年大旱)4)가물 적에 사람 잡아 빌

---

3) 네 가지 궁한 것 중에 첫째라는 말. 4궁은 첫째 늙은 홀아비, 둘째 늙은 과부, 셋째 부모 없는 어린아이, 넷째 자식 없는 늙은이를 말함.

4) 옛날 중국 은나라 탕임금 때에, 7년 동안 가물어서 백성이 살 수 없게 되었다. 이에 태사관이 점을 치니, 마땅히 사람을 제물로 삼아 기도를 해야 비가 오겠다고 했다. 이에 탕이 말하기를, '비를 달라고 기도하는 것은 사람을 살리기 위함이거늘 어찌 산 사람을 잡아서 제물로 쓰겠느냐. 나는 마땅히 내 몸으로 대신 바치리라' 하고, 목욕재계하고 손톱을 자르고, 머리를 깎고, 흰 띠풀을 깔고 그 위에 누워서, 몸소 제물이 되어 상림이라는 들에서 기도를 드렸다. 여기서 여섯 조목의 잘못된 일을 들어서 스스로 책망했더니 말을 다 마치기 전에 비가 와서 사방 수천리에 흡족했다고 함.

려 하니, 탕(湯)임금 어진 마음 '내가 지금 비는 바는 백성을 위함이라. 사람 죽여 빌 양이면 내 몸으로 대신하리라.' 몸으로 희생되어 전조단발(剪爪斷髮) 신영백모(身嬰白茅) 상림(桑林) 들[野]에 빌으시니 대우방수천리(大雨方數千里) 그런 일도 있느니라. 차라리 내 몸으로 대신 가면 어떠하냐? 너희놈들 나 죽여라. 평생에 맺힌 마음 죽기가 원이로다. 나 죽는다. 지금 내가 죽어 놓으면 네놈들이 무사할까. 무지한 강도놈들아, 생사람 죽이면 대전통편(大典通篇)[1] 율(律)이니라."

이렇듯이 심봉사는 홀로 장담(壯談) 이를 갈며 죽기로 기를 쓰니, 심청이 부친을 붙들고,

"아버지, 이 일은 남의 탓이 아니오니 그리 마옵소서."

부녀(父女)가 서로 붙들고 뒹굴며 통곡하니, 도화동 남녀노소 뉘 아니 슬퍼하리. 선인들도 모두 운다. 그중에 한 사람이 발론(發論)하되,

"여보시오 영좌(領座)[2] 영감, 출천대효 심소저는 의논도 말려니와 심봉사 저 양반이 참으로 불쌍하니, 우리 선인 30명이 십시일반(十匙一飯)으로 저 양반 평생 신세 굶지 않게 주선하여 주세."

하니, 모두들 '그 말이 옳다.' 하고 돈 300냥, 백미 300석, 백목(白木), 마포(麻布) 각 한 바리 마을에 들여 놓으며,

"300냥은 논을 사서 착실한 사람 주어 도지로 작정하고, 백미 중 열닷 섬은 당년 양식하게 하고, 나머지 80여 섬은 연년으로

---

1) 우리 나라의 법제를 기록한 책. 성종 원년에 편찬한 《경국대전》과 영조 20년에 편찬한 《속대전》을 합하고, 또 증보해서 정조 9년에 편찬한 것.
2) 어떠한 기관이나 단체의 장을 말함.

내어놓아 장리(長利)[3]로 추심하면 양미가 풍족하니 그렇게 하옵시고, 백목(白木), 마포(麻布) 각 한 바리는 사철 의복 짓게 하소서."

마을에서 의논하여 그리하고 그 연유(緣由)를 공문(公文) 내어 일동이 구일(俱一)하게 구별(區別)하였더라. 그때에 무릉촌의 장 승상 부인께서 심청이 몸을 팔아 인당수로 간단 말을 그제야 들으시고 시비를 급히 불러

"들으매 심청이가 죽으러 간다 하니, 생전에 건너와서 나를 보고 가라 하고 급히 데리고 건너오라."

시비가 분부를 듣고 심청에게 와서 보고 그 연유를 말하거늘, 심청이 시비와 함께 무릉촌으로 건너가니 승상 부인 밖에 나와 심청의 손을 잡고 눈물지으며 하는 말이,

"이 무정한 사람아, 내가 너를 안 이후로 자식으로 여겼는데 너는 나를 잊었느냐? 내가 말을 들어보니 부친 눈을 뜨게 하려고 선인에게 몸을 팔아 죽으러 간다 하니, 효성은 지극하나 네기 죽어 될 일이냐? 그리 일이 되었거든 나한테 건너와서 그 연유를 말했으면 이 지경이 없을 것을 어찌 그리 무상(無狀)하냐?"

손을 끌고 방 안으로 들어가서 심청을 앉힌 후에,

"쌀 300석 내줄 터이니 선인 불러 도로 주고 망령된 생각일랑 다시는 품지 마라."

심청이 그 말을 듣고 한참 생각하다가 처연히 여쭈오되,

"당초에 말씀 못 드린 것을 후회한들 무엇하며, 또 이 한 몸

---

3) 곡식을 대차하는 데 붙는, 1년에 본 곡식의 절반이나 되는 이자로 따지는 변리로서, 삼국시대 이래 있어온 고리대의 관행.

위친하여 정성을 다하자면 어찌 명분 없는 남의 재물을 바라리까? 백미 300석을 도로 내준다 한들 선인들도 임시낭패(臨時狼狽)니 그도 또한 어렵고, 사람이 남에게다 한 몸을 허락하여 값을 받고 팔렸다가 수삭이 지난 후에, 차마 어찌 낯을 들고 무슨 말을 하오리까? 노친(老親) 두고 죽는 것이 이효상효(以孝傷孝)[1]하는 줄은 모르는 바 아니로되, 천명이니 하릴없소. 부인의 높은 은혜와 어질고 착한 말씀 죽어 황천에 돌아가서 결초보은(結草報恩)하리이다."

승상 부인이 놀라워 심청을 살펴보니 기색이 엄숙하여 다시는 권하지 못하고 차마 놓기가 애석하여 통곡하며 하는 말이,

"내가 너를 본 연후에 기출(己出)같이 정을 두어 일시각(一時刻) 못 보아도 한이 되고 연연(戀戀)하여 억제하지 못하더니, 목전(目前)에 네 몸이 죽으러 가는 것을 차마 보고 살 수 없다. 네가 잠깐 지체하면 화공(畵工)을 불러 네 얼굴 네 태도를 그려두고 내 생전에 두고두고 볼 것이니 조금만 머물러라."

시비를 급히 불러 일등 화공 불러들여 승상 부인이 분부하기를,

"보아라, 심소저의 얼굴과 체격, 상하 의복 입은 것과 수심에 겨워 우는 형용을 차착(差錯) 없이 잘 그리면, 중상(重賞)을 할 터이니 정성들여 잘 그리라."

족자(簇子)를 내어놓으니 화공이 분부를 듣고 족자 포쇄(曝曬)[2]하여 유탄(柳炭)[3]을 손에 들고 심소저를 똑똑히 바라본 후, 이리저리 그린 후에 오색 화필(畵筆)을 좌르르 펼쳐 각색 단청

---

1) 효로써 효를 상함. 효를 행한다는 것이 도리어 불효가 된다는 뜻.
2) 볕 쬐어 말림.

(丹靑) 벌여 놓고, 난초같이 푸른 머리 광채가 찬란하고 백옥 같은 수심(愁心) 얼굴 눈물 흔적 완연하고 가는 머리 고운 수족 분명한 심소저라, 훨훨 떨어놓으니 심소저가 둘이 된다. 부인이 일어나서 우수(右手)로 심청의 목을 안고 좌수(左手)로 화상(畫像)을 어루만지며 통곡하여 슬피 우니 심청이 울며 여쭈오되,

"정녕 부인께서는 전생에 내 부모였으니 오늘날 물러가면 어느 날에 뫼시리까? 소녀의 일점수심(一點愁心) 글 한 수 지어 내어 부인 선에 올리오니 걸어 두고 보시면 증험(證驗) 있으리이다."

부인이 반가이 여겨 필연을 내어놓으니 화상족자상(畫像簇子上)에 화제(畫題) 글 모양으로 붓을 들고 글을 쓸 제, 눈물이 피가 되어 점점이 떨어지니 송이송이 꽃이 되어 향내가 날 듯하다. 글에 썼으되,

생거사귀일몽간(生居死歸一夢間)이라
권정하필루잠잠(眷情何必淚潛潛)가
세간에 최유단장처(世間最有斷腸處)는
초록강남인미환(草綠江南人未還)을.[4]

부인이 놀라시며,

---

3) 버드나무의 가는 가지를 태워 만든 숯. 그림을 그리려면 먼저 유탄으로 종이 위에 그림의 윤곽을 그림. 유탄이 묻은 것을 수건으로 털거나 문지르면 말끔히 지워지므로, 그림의 초를 잡을 때에 잘못된 것을 고치거나, 다 그리고 나서 유탄의 흔적을 지우기에 편리함. 오늘날의 연필처럼 쓰던 것임.
4) 살아 있고, 죽어감이 한 꿈 사이라. 인정에 그리운 눈물을 흘려 무엇하는가. 세상에 가장 애를 끓는 것은 새봄 맞아 강 남편에 풀은 푸르렀는데, 사람은 돌아오지 않음인 것을.

"네 글이 진실로 신선의 글귀니, 이번 네 가는 길 네 마음이 아니라 아마 천상에서 부름이로다."

부인이 또한 주지(周紙)¹⁾ 한 측 끊어 내어 얼른 써서 심청 주니, 그 글에 하였으되,

무단풍우양대혼(無端風雨陽臺魂)은
취송명화락해문(吹送名花落海門)이라
적거인간천필람(謫居人間天必覽)이어늘
무고부녀단정은(無辜父女斷情恩)이로다.²⁾

심소저는 그 글을 받아 단단히 간수하고 눈물로 이별할 제, 무릉촌의 남녀노소 뉘 아니 통곡하랴. 심청이 돌아오니 심봉사 달려들어 심청의 목을 안고 뛰놀며 통곡한다.

"나하고 가자, 나하고 가. 혼자 가지는 못하리라. 죽어도 같이 죽고 살아도 같이 살자. 나 버리고 못 가리라. 고기밥이 되려거든 나하고 너하고 같이 되자."

심청이 울음 울며,

"우리 부녀간에 천륜(天倫)을 끊고 싶어 끊사오며 죽고 싶어 죽사오리까마는, 액회(厄會)가 수(數)에 있고 생사가 한(限)이 있어 인자지정(人子之情) 생각하면 떠날 날이 없사오니, 천명이니 하릴없소. 불효여식 청이는 생각지 마옵시고, 아버지 눈을 떠서 광명천지(光明天地) 다시 보고, 착한 사람 구혼(求婚)하여

---

1) '두루마리'라고 부르는 것으로, 종이를 말아서 편지나 시를 쓰는 데 쓰임.
2) 까닭 모를 비바람에 양대의 넋은 명화를 불어 보내 바다에 떨어뜨리더라. 인간계에 귀양 온 것을 하늘도 보시겠거늘 죄 없는 부녀가 온정을 끊는도다.

아들 낳고 딸을 낳아 후사(後嗣)를 전케 하옵소서."
 심봉사가 펄쩍 뛰며,
 "애고 애고, 그 말 마라. 처자 있을 팔자라면 이런 일이 있겠느냐? 나 버리고는 못 가리라."
 심청이 저의 부친을 마을 사람에게 붙들게 하고 울면서 하는 말이,
 "동리 남녀 어른네들, 혈혈단신(孑孑單身) 우리 부친을 네 맡기고 죽으러 가는 이 몸은 동중(洞中)만 믿사오니 깊이 생각하옵소서."
 하직하고 돌아서니 마을 남녀노소 없이 발을 구르며 통곡한다. 심청이 울음 울며 선인을 따라갈 제, 끌리는 치맛자락 거듬거듬 안고 만수비봉(滿首飛蓬)3) 흩은 머리 귀 밑에 와 드리웠고, 피같이 흐르는 눈물 옷깃에 사무친다. 정신없이 나가면서 건넛집 바라보며,
 "김 동지 댁 큰아기, 너와 나와 동갑으로 격장(隔墻) 피차 크며 형제같이 정을 두어, 백 년이 다 지나도록 인간고락 사는 흥미 함께 보자 하였더니 나 이렇게 떠나가니 그도 또한 한(限)이로다. 천명이 그뿐으로 나는 이미 죽거니와, 의지 없는 우리 부친 애통하여 상하실까. 나 죽은 후 수궁원혼(水宮冤魂) 되겠으니, 네가 나를 생각거든 나의 부친 극진 대우하여 다오. 앞집 작은아기, 상침질 수놓기를 뉘와 함께 하려느냐. 작년 오월 단오야(端午夜)에 추천(鞦韆)4)하고 노던 일을 네가 그저 생각하느

---

3) 머리가 얼크러지고 흐트러졌다는 말. 비봉은 흔들려서 안정하지 못함의 비유.
4) 그네 뛰기.

냐. 금년 7월 칠석야(七夕夜)에 함께 걸교(乞巧)¹⁾하쟀더니 이제
는 허사(虛事)로다. 나는 이미 위친하여 영결하고 가거니와, 네
가 나를 생각거든 불쌍한 우리 부친 나를 부르고 애통해하거든
네가 와서 위로해라. 우리 생전 있을 제는 별로 혐의 없었으나,
우리 부친 백세 후에 지부(地府)²⁾에 들어오셔 부녀상봉(父女相
逢)하는 날에 네 정성 내 알겠다."

이렇듯 하직할 제, 하느님이 아셨는지 백일은 어디 가고 음
운(陰雲)이 자욱하다. 이따금 빗방울이 눈물같이 떨어지고 휘
늘어져서 곱던 꽃은 이울고자 빛이 없고, 청산에 섰는 초목은
수색(愁色)을 띠어 있고, 녹수(綠水)에 드린 버들 근심을 돕는
듯, 우는 저 꾀꼬리 너 무슨 회포런가. 너의 깊은 한을 내가 알
진 못하여도 통곡하는 내 심사를 네가 혹시 짐작할까. 뜻밖에
저 두견이 귀촉도(歸蜀道)³⁾ 불여귀(不如歸)라. 야월공산(夜月空
山) 어디다 두고 진정제송단장성(盡情啼送斷腸聲)을 어이 사자
사뢰느냐. 네 아무리 가지 위에서 가지 말라 울건마는 값을 받
고 팔린 몸이 다시 어찌 돌아오리. 바람에 날린 꽃이 낯에 와
부딪치니 꽃을 들고 바라보며, 약도춘풍불해의(若道春風不解意)
하면 하인취송락화래(何因吹送落花來)⁴⁾요. 춘산에 지는 꽃이 지
고 싶어 지랴마는 바람에 떨어지니 네 마음이 아니오라, 박명

---

1) 칠석날 저녁에 부녀자들이 견우직녀의 두 별에게 길쌈과 바느질을 잘하게 해 달라고 비
는 일.
2) 저승을 말함. 사람이 죽으면 그 혼백이 반드시 저승으로 가서 심판을 받는다고 함.
3) 중국 주나라 말기에 촉국왕의 이름은 두우요, 망제라고 일컬었는데 왕위를 신하인 별령
에게 내어주고 멀리 도망갔다가 그 뒤에 다시 복위하려 했으나, 뜻을 이루지 못하고 죽
었음. 그의 혼이 새가 되어 산속에서 밤마다 서럽게 우는 소리가 마치 '귀촉도'나 '불여
귀' 같다고 해서 그 새를 두우·두견·망제혼·초혼조 등의 여러 가지 이름으로 부른다
고 함.

홍안(薄命紅顏) 나의 신세 저 꽃과 같은지라. 죽고 싶어 죽으랴만 사세부득이라. 수원숙우(誰怨孰尤)할 것 없다. 한 걸음에 눈물짓고 두 걸음에 돌아보며 곧 떠나가니, 명도풍파(命途風波)가 이제부터 험난하다. 강두(江頭)에 다다르니 선인들 모여들어 뱃머리에 좌판5) 놓고 심소저를 뫼셔 올려 빗장 안에 앉힌 후에, 닻 감고 돛을 달아 소리하며 북을 둥둥 울리면서 지향없이 떠나간다. 범피중류(汎彼中流)6) 떠나갈 제, 망망(茫茫)한 창해(滄海) 중에 딩딩(湯湯)한 물결이라. 백빈주(白蘋州) 갈매기는 홍료안(紅蓼岸)으로 날아들고 상강(湘江)의 기러기는 평사(平沙)로 떨어진다. 요량(寥亮)한 남은 소리, 어적(漁笛)인 듯하건마는 곡종인불견(曲終人不見)에 유색(柳色)만 푸르렀다. 애내성중만고수(欸乃聲中萬古愁)7)는 나를 두고 이름이라. 장사(長沙)를 지나니 가태부(賈太傅)8) 간 곳 없고, 멱라수(汨羅水) 바라보니 굴삼려(屈三閭)9) 어복충혼(魚腹忠魂)10) 어디로 가셨는고. 황학루(黃鶴樓) 다다르니 일모향관하처시(日暮鄕關何處是)11)요,

---

4) 만일 봄바람이 사람의 뜻을 모른다면, 무슨 까닭으로 지는 꽃을 불어 보내는가.
5) 배를 육지 가깝게 대고 언덕과 뱃전 사이에 널판지를 걸쳐 놓아 배를 타는 사람이 디디고 배 안으로 들어가게 하는 것.
6) 저 물 가운데 떴음.
7) 노젓는 소리 가운데 만고의 시름을 하더라. '애내'는 노젓는 소리를 형용한 것.
8) 성은 가요, 이름은 의. 한나라 사람. 재학이 높아 문제 때에 대중대부 벼슬을 했는데, 대신들의 시기를 받아 좌천되어 장사왕의 태부가 되므로 가태부라 함.
9) 굴삼려는 중국 전국 시대 초나라 사람으로 성은 굴이요, 이름은 평이요, 자는 원인데, 벼슬하여 삼려대부가 되었으므로 굴삼려라고도 부름.
10) 고기 뱃속에 장사지낸 충성스러운 넋.
11) 최호가 황학루에서 지은 시의 한 구절. 그 뜻은 '날은 저물었는데, 고향이 어드메뇨. 연기에 잠긴 물결 위에서 시름겨워 하노라.'

연파강상사인수(烟波江上使人愁)는 최호(崔顥)[1]의 유적이다. 봉황대(鳳凰臺)[2]에 다다르니 삼산반락청천외(三山半落靑天外)요, 이수중분백로주(二水中分白鷺洲)[3]는 태백(太白)이 노던 데요, 심양강(尋陽江)[4]에 다다르니 백낙천(百樂天)[5]이 어디 가고 비파성(琵琶聲)이 끊어졌다. 적벽강(赤壁江)[6]을 그저 가랴, 소동파(蘇東坡)[7] 노던 풍경 의구하여 있다마는, 조맹덕(曹孟德)[8] 일세지웅(一世之雄) 이금안재재(而今安在哉)요[9]. 월락조제(月落烏啼) 깊은 밤에 고소성대(姑蘇聲臺)에 배를 매고 한산사(寒山寺) 쇠북 소리는 전후 상응하여 객선에 떨어진다. 진회수(秦淮水)[10]

---

1) 당나라 현종 때 사람. 글은 잘하지만 품행이 나빠서 주위 사람들로부터 배척당해 벼슬이 사훈원외랑에 그쳤음.
2) 중국 강소성 강령현 남쪽에 있음. 당나라 시인 이백이 황학루에 가서 시를 지으려고 하다가, 먼저 최호가 지은 시가 있음을 보고 자기는 그보다 더 좋게 지을 수는 없다 하고, 여기에 와서 시를 지었다고 함.
3) 당나라 시인 이백이 지은 〈봉황대 시〉의 한 구절. '세 산은 반이나 구름 속에 가려 마치 푸른 하늘 밖으로 떨어지는 듯이 우뚝 솟아 있고, 두 줄기로 나뉜 강물은 백로주를 끼고 흘러간다.'는 말임.
4) 중국 강서성 구강현 북쪽에 있는 강. 당나라 시인 백낙천이 이곳에서 친구를 작별할 때에 〈비파행〉이라는 긴 노래를 지었음.
5) 중국 당나라 덕종 때 사람. 이름은 거이요, 자는 낙천, 호를 향산거사라고 했음. 벼슬은 형부상서에 이르렀고, 문학이 탁월한 중 특히 시에 높았으며, 그의 문장은 절실하고 정밀하며 평이하여 누구든지 읽으면 뜻을 이해할 수 있어 매양 글을 지으면 먼저 늙은 사람들에게 읽혀 그가 알 수 있어야 비로소 내놓았다고 함.
6) 중국 호북성 황강현 성 밖에 있음. 소식이 이 강에서 뱃놀이하고 〈적벽부〉를 지음.
7) 중국 송나라 인종·영종 때 사람. 이름은 식이요, 자는 자담이요, 동파는 그의 호. 문학과 서화에 뛰어나, 당송 8대가 중 한 사람이며, 저서가 수백 권에 이름.
8) 중국 삼국 시대 조조의 자를 말함.
9) 이 마디는 소식의 〈적벽부〉의 한 구절로, 삼국 시절 당시 영웅 조조가 80만 대군을 거느리고 적벽강에서 오나라 도독 주유와 대전을 했으나 대패를 당한 싸움으로, 때가 지나가매 오늘에 있어 그 자취나 남지 않았으니, 이로써 세상 일의 덧없음을 탄식한 것. 뜻은 '한 시대의 영웅이었지만 지금 어디에 있는가?'

건너가니 격강(隔江)의 상녀(商女)들은 망국한(亡國恨)을 모르고서 연롱수(烟籠樹) 월롱사(月籠沙)할 제, 후정화(後庭花)[11]만 부르더라. 소상강(瀟湘江)을 들어가니 악양루(岳陽樓) 높은 집은 호상(湖上)에 떠 있고, 동남으로 바라보니 오산(吳山)[12]은 첩첩이요 초수(楚樹)[13]는 망중(望中)이라. 반죽(斑竹)에 젖은 눈물 이비유한(二妃遺恨) 띠어 있고, 무산(巫山)[14]에 돋는 달은 동정호(洞庭湖)에 비치니 상하천광(上下天光) 거울 속에 푸르렀다. 창오산(蒼梧山)의 저문 연기 참담하여 황릉묘(黃陵廟)에 잠기었다. 산협(山峽)의 잔나비는 자식 찾는 슬픈 소리 천객(遷客)[15] 소인(騷人) 몇몇이냐.

심청이 배 안에서 소상팔경(瀟湘八景) 다 본 후에 한 곳을 가노라니 향풍(香風)이 일어나며 옥패(玉佩) 소리 들리더니, 의희(依稀)한 주렴(珠簾) 사이로 어떠한 두 부인이 선관(仙冠)을 높이 쓰고 자하상(紫霞裳) 걷어 안고 뚜렷이 나오더니,

"저기 가는 심소저야, 나를 어이 모르느냐? 우리 성군(聖君) 유우씨(有虞氏)가 남순(南巡)하시다가 창오야(蒼梧野)에 붕(崩)

---

10) 중국 강소성 율수현에서 발원하여 서북으로 흘러 강령성을 통과하고, 다시 서북으로 흘러 양자강으로 들어가므로, 이 강의 유역에는 청루주사(靑樓酒肆)가 많고 가장 번화했다고 함.
11) 노래 곡조 이름. 중국 남북조 시대에 남조인 진(陳)나라 후주 진숙보가 가장 좋아하던 노래의 곡명.
12) 중국 절강성 항주부 남쪽에 있는 산이름. 그런데 여기에서는 문맥으로 보아 특히 이 산을 말함이 아닐 것이요, 초수의 대구로, 강소·절강 등 옛 오나라 땅에 있는 모든 산을 가리켜 통틀은 이름인 듯함.
13) 호남·호북 등 옛적 초나라 땅에 있는 나무들.
14) 중국 사천성 무산현 동쪽에 있는 산. 봉우리가 열 둘이요, 봉우리 아래에 신녀묘(神女廟)가 있음.
15) 죄를 지어 지방으로 좌천되거나 귀양가는 사람을 말함.

하시니, 속절없는 이 두 몸이 소상강 대수풀에 피눈물을 뿌렸더니 가지마다 아롱져서 잎잎이 원한이라. 창오산붕상수절(蒼梧山崩湘水絶)에 죽상지루내가멸(竹上之淚乃可滅)이라[1], 천추(千秋) 깊은 한을 하소연 할 길 없었더니, 네 효성이 지극키로 너더러 말하노라. 대순붕후기천년(大舜崩後幾千年)에 오현금남풍시(五絃琴南風詩)[2]를 지금까지 전하더냐, 수로(水路) 만 리 몇 며칠에 조심하여 다녀오라."

홀연히 간 곳 없다. 심청이 생각하니 소상강이 여기로다. 죽으러 가는 나를 조심하여 오라 하니 진실로 괴이하다. 그곳을 지나서 회계산(會稽山)[3]을 당도하니 풍랑이 일어나며 찬 기운이 소삽(蕭颯)터니, 한 사람이 나오는데 두 눈을 꼭 감고 가죽

---

1) 이 구절은 당나라 이백의 〈원별리시〉의 한 구절이다. 순이 남순(南巡)하다가 창오산에서 죽자, 그의 후궁인 아황과 여영은 가장 섧고 원통하여 날마다 소상강 가에서 울다가, 눈물을 뿌리면 곧 피가 되어 댓줄기에 묻는 대로 붉은 점이 되었음. 만일 이 눈물 자취가 지워질 수 있으려면 저 높은 창오산이 무너져 평지가 되고, 저 깊은 소상강 물이 다 말라서 육지가 된 뒤에라야 될 것이라는 뜻으로, 이 눈물 자취는 영원히 없어지지 않으리라는 말.
2) 순(舜) 임금이 처음으로 다섯 줄의 거문고를 만들어 남풍시 아룀을 말함.
3) 중국 절강성 소흥현 동남으로 3리 되는 곳에 있는 산. 주위가 300리나 되며, 그 위에는 우왕의 능과 월왕의 성이 있음.
4) 중국 춘추 시대 초나라 사람. 성은 오, 이름은 원, 자서는 그의 자임. 그 아버지 오사와 형 오상이 초평왕에게 죽자 자서는 도망해서 오나라로 가서 오를 도와 초를 쳐 부형의 원수를 갚고, 또 월나라를 쳐 이기자 월나라 왕 구천이 화친하기를 청해, 오나라 왕 부차가 허락하려고 하자, 자서는 그럴 수 없다고 하여 '이제 화친하면 오래지 않아 월나라가 기세를 길러 다시 침범할 것이니, 그렇게 되면 오나라는 위태할 것이다. 그런즉 화친을 말고 월을 아주 멸하자'고 간했다. 그러나 오나라 왕이 듣지 않고, 이어 태재 백비가 참소하여, 오나라 왕은 마침내 자서에게 촉루검이란 칼을 주며 죽으라고 했다. 자서는 집안 사람에게 '내가 죽거든 내 두 눈을 빼어 동문에 걸어 두어라. 내 머지않아, 월나라 군사가 오나라로 쳐들어오는 것을 보리라' 라고 말한 뒤 죽었음. 오나라 왕은 이 말을 듣고 화가 나 자서의 시체를 말가죽으로 만든 주머니에 넣어 강에 띄워 버렸음. 그 후 9년 만에 과연 월나라가 오나라를 쳐 멸했다.

으로 몸을 싸고 울음 울고 나오더니,

"저기 가는 심소저야, 네가 나를 모르리라. 오(吳)나라 오자서(伍子胥)[4]로다. 슬프다! 우리 성상(聖上), 백비(伯嚭)[5]의 참소 듣고 촉루검(蜀鏤劍)을 나를 주어 목을 찔러 죽인 후에, 가죽으로 몸을 싸서 이 물에 던졌구나. 원통함을 못 이기어 월병(越兵)이 멸오(滅吳)함을 역력히 보랴 하고 내 눈을 일직 빼어 동문상에 걸었더니, 내 완연히 보았으나 몸에 씌인 이 가죽을 뉘 거시 빗겨 수며 눈 없는 게 한이로다."

홀연히 간 곳 없다. 심청이 생각하니 그 혼은 노나라 충신 오자서(伍子胥)라.

한 곳에 다다르니 어떤 두 사람이 택반(澤畔)으로 나오는데 앞으로 서신 이는 왕자(王者)의 거상이라. 의상이 남루하니 초수(楚囚)[6]일시 분명하다. 눈물지며 하는 말이,

"애달프고도 분한 것이 진(秦)나라 속임 되어 무관(武關)에 3년 있다 고국을 바라보니 미귀혼(未歸魂)[7]이 되었구나. 천추에

---

5) 사람의 이름. 오나라 왕 부차 때에 태재 벼슬을 했는데, 그때 오나라가 월나라를 쳐서 거의 멸망하게 되자 월나라 왕 구천이 미인 서시를 오왕에게 바치고 화친을 구했는데, 이때 백비가 그 일을 알선했다.

6) 옛적 전국 시대에 진후가 군부에서 남방의 관을 쓰고 얽어매어 있는 사람을 보고, 저 사람이 누구냐고 묻자, 유사가 정나라에서 보낸 초나라 죄수라고 했다. 그 뒤에 사람이 곤경에 처해 있는 것을 가리켜 초수라고 일컫게 되었다.

7) 중국 전국 시대에 초나라 희왕이 진나라 소왕의 초청을 받아 가려고 하자, 굴원이 말하기를, '진나라는 호낭(虎娘)과 같은 나라이므로 믿을 수 없으니 가지 않는 것이 옳다' 했지만, 왕의 작은아들 자란은 이웃 나라와의 돈독한 관계를 상하는 것은 좋지 않으니 가라고 권하여 마침내 희왕은 진나라로 갔다. 왕이 진나라 무관에 들어가자 복병으로 그 뒤를 끊고, 이내 희왕을 잡아 가두고 진나라는 국토 할양을 요구하므로, 희왕은 노해 듣지 않다가 그곳에서 죽었음. 그리하여 그 혼이 자기 나라로 돌아오지 못했다고 미귀혼이라고 함.

한이 있어 초혼조(招魂鳥)가 되었더니, 박랑퇴성(博浪槌聲)[1] 반겨 듣고 속절없는 동정(洞庭) 달에 헛 춤만 추었어라."

그 뒤에 한 사람은 안색(顔色)이 초췌하고 형용이 고고(枯槁)한데,
"나는 초나라〔楚國〕 굴원(屈原)이라, 회왕(懷王)을 섬기다가 자란(子蘭)의 참소 만나 더러운 마음 씻으려고 이 물에 와 빠졌노라. 어여쁠사 우리 임금, 사후(死後)에나 뫼셔 볼까, 길이 한이 있었기로 이같이 뫼셨노라. 제고양지묘예혜(帝高陽之苗裔兮)여, 짐황고왈백용(朕皇考曰伯庸)이라, 유초목지영락혜(唯草木之零落兮)여, 공미인지지모(恐美人之遲暮)로다.[2] 세상에 문장 재사 몇 분이나 계시더냐. 심소저는 효성으로 죽고 나는 충심으로 죽었으니, 충효는 일반이라 위로코자 나왔노라. 창해 만리에 평안히 가옵소서."

심청이 생각하되, 죽은 지 수천 년에 영혼이 남아 있어 내 눈에 뵈는 일이 그 아니 이상한가, 나 죽을 징조로다. 슬프게 탄식한다. 물에서 밤이 몇 밤이며 배에서 날이 몇 날이냐. 거연(居然) 4, 5삭에 물결같이 흘러가니 금풍삽이석기(金風颯以夕起)하고, 옥우확기쟁영(玉宇廓其崢嶸)이라.[3] 낙하여고목제비(落霞與孤鶩齊飛)하고, 추수공장천일색(秋水共長天一色)이라.[4] 강안

---

1) 중국 전국 시대에 진나라가 초·제·한·위·조·연 등 6국을 멸하고 중국을 통합하자, 한나라 사람 장량이 망국의 원한을 품고 진시황 죽이기를 꾀해, 창해의 박랑사라는 곳에서 진시황을 죽이려다가 성공하지 못했음.
2) '제고양지묘예혜'·'짐황고왈백용'·'유초목지영락혜'·'공미인지지모' 구절 모두 굴원이 지은 〈이소경〉에 나오는 말을 인용한 것.
3) 이 구절은 우리 나라 사람인 김인후의 〈칠석부〉의 첫 구절. 뜻은 '금풍은 쌀쌀히 저녁때에 일어나고 우주는 훤하게 깨끗이 빛난다.' 곧 가을 풍경을 말함.
4) 이 구절은 당나라 사람 왕발의 〈송〉의 한 구절. 뜻은 '지는 노을은 외로운 갈매기와 가즈런히 날고, 가을 물은 긴 하늘과 함께 한 빛이다.'

(江岸)이 귤농(橘濃)하니 황금(黃金)이 천편(千片)이요, 노화(蘆花)에 풍기(風起)하니 백설(白雪)이 만점(萬點)이라.⁵⁾ 신포세류(新浦細柳)⁶⁾ 지는 잎과 옥로청풍(玉露淸風) 불었는데, 괴로울사 어선(漁船)들은 등불을 모두 달고 어가(漁歌)로 화답하니 돋우는 게 수심이요, 해반(海畔)의 청산(靑山)들은 봉봉이 칼날이라. 일락장사추색원(日落長沙秋色遠)하니, 부지하처조상군(不知何處吊湘君)이라⁷⁾, 송옥(宋玉)⁸⁾의 비추부(悲秋賦)가 이보디 슬플쏘냐. 동녀를 실렸으니 진시황(秦始皇)⁹⁾의 채약(採藥) 밴가, 방사(方士)는 없었으니 한무제(漢武帝) 구선(求仙) 밴가. 내가 진작 죽자 하니 선인(船人)들이 수직(守直)하고, 살아 실려 가자 하니 고국이 창망(蒼茫)하다.

한 곳에 당도하여 닻을 주고 돛을 지우니, 이곳이 인당수라. 광풍이 대작하고 바다가 뒤눕는데, 어룡(魚龍)이 싸우는 듯 대양(大洋) 바다 한가운데 돛도 잃고 닻도 끊겨 노도 잃고 키도 빠져 바람 불고 물결치고 안개 뒤섞여 잦아진 날, 갈 길은 천리나 만리나 남고 사면이 검게 이둑 저물어 천지 지척이 막막하여 산 같은 파도가 뱃전을 땅땅 쳐 경각에 위태하니, 도사공 이하

---

5) 이 말은 강남 일대 지방의 가을 풍경을 말한 것. 강 언덕에 귤에 익으니 그 누런 빛이 마치 황금이 천 조각이나 되는 듯하고, 갈대 위로 바람이 부니 갈대꽃이 날려 마치 흰눈이 1만 점인 듯함.
6) 이 말은 우리 나라 사람인 신광수의 〈등악양루탄관산융마〉의 한 구절을 인용한 것.
7) 이 구절은 당나라 이백의 〈유동정호시〉의 한 구절인데, 뜻은 '해는 장사에 떨어지고, 가을빛은 멀직한데, 어디에서 상군을 조문할까 모르노라.'
8) 중국 전국 시대 초나라 사람. 굴원은 그의 제자임. 〈비추부〉는 그의 작품 중의 하나.
9) 중국 진나라 시황이 중국을 통일하고 그 부귀를 오래 누리며 살고자 장생술을 구하던 차에, 동해에 삼신산이 있고 불사 약초가 있다는 말을 듣고 방사 서시를 시켜 어린 남녀 각 3천 명을 데리고 가서 불사 약초를 구해 오라고 보냈더니 다들 다시 돌아오지 않았다고 함.

가 황황 크게 겁내어 혼불부신(魂不附身)[1]하여 고사 절차를 차리는데, 섬 쌀로 밥을 짓고 큰 돼지를 잡아 큰 칼 꽂아서 정하게 받쳐 놓고, 삼색 실과 오색 당속(糖屬)[2]에 큰 소 잡고 동이술을 방위(方位) 차려 갈라 놓고 심청이를 목욕시키고 의복을 정히 입혀 뱃머리에 앉힌 후에 도사공이 고사를 올릴 제, 북채를 갈라 쥐고 북을 둥둥 둥둥 두리둥둥 울리며,

"헌원씨(軒轅氏)[3]가 배를 모아 이제불통(以濟不通)[4]하옵신 후, 후생이 본을 받아 다 각기 위업(爲業)하니 막대한 공이 아닌가. 하우씨(夏禹氏)[5]는 구년지수(九年之水) 배를 타고 다스려 오복 소성공[6] 세우고 다시 구주(九州)로 돌아들 제, 배를 타고 기다리고, 공명(孔明)의 높은 조화 동남풍을 빌어내어 조조(曹操)의 백만 대병(大兵)을 주유(周瑜)로 화공(火攻)하여 적벽대전(赤壁大戰)[7] 하올 적에 배 아니면 어이하리. 주요요이경양(舟搖搖而輕颺)[8]하니, 도연명(陶淵明)의 귀거래(歸去來)요, 해활(海濶)하니 고범지(孤帆遲)는 장한(張翰)의 강동거(江東去)[9]요, 임술지추칠월(壬戌之秋七月)에 종일위지소여(縱一葦之所如)하여[10]

---

1) 갑자기 놀라운 일을 당해 혼이 나간 듯한 상태.
2) 사탕이나 꿀을 주로 해서 만든 과자.
3) 헌원은 본래 중국 고대의 지명으로, 지금의 하남성 신정현. 중국 고대 임금이나 황제가 여기에서 났으므로 그를 헌원씨라고 불렀음. 헌원씨가 처음으로 배와 수레를 만들어 교통을 편리하게 했다고 함.
4) 통하지 못하던 데를 건너다니게 함.
5) 중국 상고에 순의 뒤를 이어 임금이 된 사람. 그때의 나라 이름을 하라고 했음.
6) 요의 명을 받들어 치수(治水)에 종사하여 산을 끊고 물골을 터서 바다로 인도하여 물을 뽑아 내고, 농지와 주거지를 정리하며 전부(田賦)를 마련해서 백성들을 평안하게 했음. 그리고 지세를 따라 구획을 5등분하여, 경기(京畿)를 중심으로 500리 만큼 경계를 지어, 경기 500리 둘레를 전복, 그 다음으로 200리 둘레를 후복, 이처럼 그 다음으로 타복·요복·황복의 5복으로 나누었음. 소성공은 아마 고성공(告成功)을 잘못 쓴 듯함.

소동파(蘇東坡) 놀아 있고, 지국총 어사화로 공선만재명월귀(空船滿載明月歸)[11]는 어부의 즐김이요, 계도란요하장포(桂棹蘭橈下長浦)[12]는 오희월녀(吳姬越女) 채련주(採蓮舟)요, 차군발선하양성(嗟君發船下陽城)은 상고선(商賈船)이 그 아닌가. 우리 동무 스물 네 명 상고로 위업하여 15세에 조수(潮水) 타고 경세우경년(經歲又經年)에 표박서남(漂泊西南) 다니더니, 오늘날 인당수에 제수를 올리오니, 동해신(東海神) 아명(阿明)이며, 남해신(南海神) 축융(祝融)이며, 서해신(西海神) 거승(巨勝)이며, 북해신(北海神) 우강(禺疆)이며, 강한지종(江漢之宗)과 천택지신(川澤之神)이 제수를 흠향(歆饗)하여 일체동감(一體同鑑)하옵신 후 비렴(飛廉)으로 바람 주고 해약(海若)으로 인도하여 백천금퇴(百千金堆)[13]로 내게 소망 이루어 주옵소서. 고시레[14] 둥둥."

---

7) 주유가 오나라 손권을 도와 적벽강에서 조조의 군사를 크게 무찔렀음.
8) 도연명의 〈귀거래사〉의 한 구절. 뜻은 '배가 흔들흔들하면서 가볍게 나는 듯이 떠감.'
9) 중국 진(晋)나라 사람. 자는 이응. 본래 재학이 높고 지조가 맑아 물욕에 거리끼지 않았음. 낙양에 가서 제왕에게 벼슬하다가 가을 바람이 불자 노어회가 생각나시 그 길로 솥 떠나 강동으로 갔다고 힘.
10) 중국 송나라 영종 원풍 육년 임술 7월 16일에 소동파가 적벽강에서 뱃놀이를 하며 〈적벽부〉를 지었음. '종일위지소여'는 〈적벽부〉 중 한 구절인데, 뜻은 '작은 배의 가는 대로 놓아'로, '일위'는 갈대잎만한 작은 배, '여'는 간다는 말.
11) 이 말의 뜻은 '고깃배가 고기는 잡지 못하고 빈 배에 달빛만 가득히 싣고 돌아간다' 임. 《금강경》의 구절을 인용한 것.
12) 당나라 사람 왕발이 지은 《채운곡》 중 한 구절. 뜻은 '계수나무로 만든 돛대와 난초로 한 노(櫓)로 긴 개〔浦〕로 내려간다' 임. 그 놀잇배의 화려함을 말한 것.
13) 금 무더기의 백이나 천. 곧 황금이 아주 많음을 말함.
14) 옛적 단군의 신하 고시씨가 농업에 관한 행정을 맡아 백성에게 농사짓는 법을 가르쳐 비로소 곡식을 먹게 되었으므로, 오늘날까지 그의 공덕을 감사하여 농촌 사람들은 밥을 먹을 때면 먼저 밥 한술을 떠서 밥상 위에 놓고, 고시네(고시레)를 불러 제(祭)하고 나서야 밥을 먹음. 이것이 일반 풍속이 되어 어떠한 신령에게 제사를 드리든지, 예식 절차를 마치고 나면 제물 중에서 조금씩 덜어서 공중을 향해 던지면서 '고시레'를 부름.

빌기를 다한 후 심청에게 물에 들라 하며 선인들이 재촉하니 심청의 거동 보소. 뱃머리에 우뚝 서서 두 손을 합장하고 하느님전에 비는 말이,
　"비나이다 비나이다, 하느님 전에 비나이다. 심청이 죽는 일은 추호도 서럽지 않으나 앞 못 보는 우리 부친 천지에 깊은 한을 생전에 풀어드리려고 죽음을 당하오니, 황천(皇天)이 감동하시어 우리 부친 어둔 눈을 불원간 밝게 하시어 광명천지를 보게 하소서."
　뒤로 펄썩 주저앉아 도화동을 향하더니,
　"아버지, 나 죽소. 어서 눈을 뜨옵소서!"
　손을 짚고 일어서서 선인들게 말하기를,
　"여러 선인 상고님네들 평안히 가옵시고 억십만금 이를 얻어 이 물가에 지나거든 나의 혼백 넋을 불러 객귀(客鬼) 면케 하여 주오."
　영채 좋은 눈을 감고 치마폭을 뒤집어쓰고 이리저리 저리이리 뱃머리로 와락 나가 물에 풍덩 빠지니, 물은 인당수요 사람은 심봉사의 딸 심청이라. 인당수 깊은 물에 힘없이 떨어진 꽃, 허장어복(虛葬魚服)[1]되었단 말인가. 그 배 선인영좌(船人領座)기가 막혀,
　"아차차, 불쌍하다."
　영좌가 통곡하고 삿대잡이는 엎드려 울며,
　"출천대효 심소저는 아깝고 불쌍하다. 부모형제가 죽었던들 이보다 더할쏘냐."

---

1) 헛되이 고기 뱃속에 장사지냄. 곧 물에 빠져 죽었다는 뜻.

이때에, 무릉촌의 장 승상 부인은 심소저를 이별하고 애석한 마음을 이기지 못하여 심소저의 화상 족자를 벽 위에 걸어 두고 날마다 증험터니, 하루는 족자 빛이 검어지며 화상에 물이 흐르거늘 부인이 놀라며 말하기를,

"이제는 죽었구나."

비회(悲懷)를 못 이기어 간장(肝腸)이 끊기는 듯 가슴이 터지는 듯 기막혀 울음 울 제, 이윽고 족자 빛이 완연히 새로워지니 마음에 괴이하여,

"누가 건져 살려내어 목숨이 살았는가? 창해 만리에 소식을 어찌 알리?"

그날 밤 삼경초(三更初)에 제물을 갖추어 시비(侍婢)에게 들리고 강가에 나가 백사장 정한 곳에 주과포(酒果脯)를 차려 놓고 승상 부인은 축문을 크게 읽어 심소저의 혼을 불러 위로하여 제사를 지낸다. 강촌(江村)에 밤이 들어 사면이 고요할 제,

"심소저야 심소저야, 아깝도다 심소저야! 앞 못 보는 너의 부친 어둔 눈을 뜨게 하려고 병생에 한 되어서 지극한 네 효성이 죽기로써 갚으려고 일루잔명(一縷殘命)을 스스로 판단하여 어복(魚腹)의 혼이 되니 가련하고 불쌍하구나. 하느님이 어찌하여 너를 내고 죽게 하며, 귀신이 어이하여 죽는 너를 못 살리나. 네가 나지 말았거나 내가 너를 몰랐거나 할 것이지 생리사별(生離死別)이 어인 일인고? 그믐이 되기 전에 달이 먼저 기울었고 모춘(暮春)이 되기 전에 꽃이 먼저 떨어지니, 오동에 걸린 달은 뚜렷한 네 얼굴이 분명히 다시 온 듯, 이슬에 젖은 꽃은 천연한 네 태도가 눈앞에 나타난 듯, 대들보에 앉은 제비 아름다운 너의 소리 무슨 말을 하소할 듯, 두 귀밑의 서리털은 이로하여 희

어지고 인간계에 남은 해는 너로 하여 재촉하니, 무궁한 나의
수심을 너는 죽어 모르건만 나는 살아 고생이다. 한잔 술로 위
로하니 유유향혼(悠悠香魂)[1]은 오호애재(嗚呼哀哉). 상향(尙饗).″
　제문을 읽고 분향할 제, 하늘이 나직하니 제문을 들으신 듯,
강상에 잦은 안개 채운(彩雲)이 어리는 듯, 물결이 잔잔하니 어
룡(魚龍)이 느끼는 듯, 청산이 적적(寂寂)하니 금조(禽鳥)가 서
러워한 듯, 평사지척(平沙咫尺) 잠든 백구 놀라 깨어 머리를 들
고, 등불 단 어선들은 가는 길 머무른다. 부인이 눈을 씻고 제
물을 물에 풀 제, 술잔이 뒹구니 소저의 혼이 온 듯하여, 부인
이 한없이 서러워하며 집으로 돌아와서 그 이튿날 재물을 많이
들여 물가에 높이 모아 망녀대(望女臺)를 지어 놓고 매월 삭망
으로 3년까지 제 지낼 제, 때가 없이 부인께서 망녀대에 올라
앉아 심소저를 생각하더라.
　그때에 심봉사는 무남독녀 심청을 잃고 모진 목숨 아니 죽고
근근히 부지할 제, 도화동 사람들이 심소저 지극한 효성으로 물
에 빠져 죽은 일을 불쌍히 여겨 망녀대 지은 옆에 따로 비를 세
우고 새겼으니,

　　심위기친쌍안할(心爲其親雙眼瞎)하여,
　　살신성효사용궁(殺身成孝死龍宮)이라.
　　연파만리심심벽(烟波萬理深深碧)하니,
　　강초연연한불궁(江草年年恨不窮)이라.[2]

―――――――――――――
　1) 아름다운 젊은 여자의 죽은 넋.
　2) 마음으로 두 눈이 먼 아버지를 위해 제 몸 바쳐 효도하러 용궁에 갔네. 안개 낀 물결 깊
　　이 깊이 만리에 무르렀는데, 강풀에 해마다 한이 서린다.

강두(江頭)에 세워 놓으니 내왕하는 행인들이 그 비문 글을 보고 눈물 아니 짓는 이 없더라. 대저 이 세상 같이 억울하고 고르지 못한 세상이 없는지라. 가난하고 약한 사람은 그 부모가 낳은 몸과 하늘이 주신 귀중한 목숨도 보전치 못하고, 심청이 같은 출천지대효가 필경 인당수 물에 가련한 몸을 잠겼도다. 그러나, 그 잠긴 곳은 물 속이 아니라 이 세상을 이별하고 간 하늘 상계(上界)니, 하느님의 능력이 한없이 큰 세상이라, 이욕에 눈이 어두운 세상 사람들과 발 못하는 부처는 심청을 돕지 못하였으나 인당수 물귀신이야 어찌 심청을 모르리요.

그때 옥황상제(玉皇上帝)께옵서 사해용왕(四海龍王)에게 분부하되,

"명일 오시(五時) 초각(初刻)에 인당수 바다 중에 출천대효 심청이가 물에 떨어질 터이니, 그대 등은 등대(等待)[3]하여 수정궁(水晶宮)에 영접하고, 다시 영(令)을 기다려 도로 출송인간(出送人間)하되, 만약 시각을 어기는 날에는 사해(四海)의 수궁(水宮) 제신(諸神)들이 죄를 면치 못하리라."

이렇듯 분부가 지엄(至嚴)하시니 사해용왕이 황겁하여 원참군 별주부와 백만의 철갑제장(鐵甲諸將)[4]이며, 무수한 시녀(侍女)들로 백옥교자(白玉轎子) 등대하고 그 시각을 기다릴 제, 과연 오시 초각이 되자 백옥 같은 한 소저가 해상에 떨어지니, 여러 선녀들이 이를 옹위하여 심소저를 고이 뫼셔 교자에 앉히거늘, 심소저가 정신을 차려 사양하여 이르는 말이,

---

3) 윗사람의 지시나 명령을 기다리고 준비하고 있음.
4) 게나 조개와 같이 단단한 껍데기를 쓰고 있는 것들을 갑사(甲士) 또는 개사(介士)라고 하는데, 여기에는 철갑제장(鐵甲諸將)이라고 했음.

"나는 진세(塵世) 천인(賤人)이라, 어찌 황송하여 용궁 교자에 타오리까?"

여러 선녀가 여쭈오되,

"상제(上帝)께서 분부가 지엄하시어 만일 타시지 아니하면 사해용왕에 탈이오니 사양치 말고 타옵소서."

심청이 사양하다 못하여 교자에 앉으니 제선녀(諸仙女)가 옹위하여 수정궁으로 들어가니 위의(威儀)도 장할시고. 천상 선관 선녀들이 심소저를 보려고 좌우로 벌려 섰는데, 태을진군(太乙眞君)[1]은 학을 타고, 안기생(安期生)[2]은 난조(鸞鳥) 타고, 적송자(赤松子)[3]는 구름 타고, 사자(獅子) 탄 갈선옹(葛仙翁)[4]과 청의동자(靑衣童子) · 홍의동자(紅衣童子), 쌍쌍시비 취적선과 월궁항아(月宮姮娥)[5]와 서왕모며 마고선녀(麻姑仙女) · 낙포선녀(落浦仙女)[6]와 남악부인(男嶽夫人)[7]의 팔선녀(八仙女)[8] 다 모였는데, 고운 물색(物色) 좋은 패물(佩物) 향기(香氣)가

---

1) 북극성신(北極星神)의 이름. 중국 한나라 때에 감천태기(甘泉泰畤)에 태을사를 세우고, 송나라 때에는 더욱 존숭하여 동태을 · 서태을 · 중태을 등 여러 곳에 태을신사를 세웠으며, 이 사당은 40년 만에 다른 곳으로 옮겼는데, 이 사당이 옮겨 가는 곳마다 전쟁과 자연 재해가 일어나지 않았다고 함.

2) 중국 전국 시대 진(秦)나라 사람으로, 선도(仙道)를 닦아, 방사(方士)로 이름이 높음. 진시황에게 우대를 받고 떠나갈 적에 말하기를, '이제부터 천년 후에 봉래산에서 찾으라.' 고 했음. 그 뒤 한나라 무제 때 소군이라는 사람이 해상에서 안기생이 외만한 큰 대추를 먹는 것을 보았다고 함.

3) 옛적 선인의 이름. 중국 한나라 때 장량이 인간의 일을 다 버리고 적송자를 따라가 놀겠다고 했음.

4) 중국 삼국 시대 오나라 사람. 갈현의 자는 효선으로, 좌현에게 선도(仙道)를 배워 신선이 되자 이를 갈선옹이라고 일컬었음.

5) 옛적 중국의 선녀. 건창 사람. 모주 동남 고여산에서 도를 닦았다고 하며, 송나라 정화년 중에 진인(眞人)으로 봉했다고 함.

진진(津津)하고 풍악이 낭자(狼藉)하다. 왕자진(王子晋)⁹⁾의 봉 피리, 곽처사의 죽장고, 농옥(弄玉)¹⁰⁾의 퉁소, 완적(阮籍)¹¹⁾의 휘파람, 금고(琴高)의 거문고, 낭자한 풍악 소리 수궁이 진진하다. 수정궁에 들어가니 집 치레가 황홀하다. 천여 칸 수정궁에 호박(琥珀) 기둥·백옥 주초·대모(玳瑁) 난간·산호(珊瑚) 주렴 광채가 찬란하고, 서기(瑞氣)가 반공(蟠空)이라. 주궁패궐(珠宮貝闕)은 응천상지삼광(應天上之三光)¹²⁾이요, 비인간지오복(備人間之五福)이라. 동으로 바라보니 300척(尺) 부상(扶桑) 가지 일륜홍(日輪紅)이 피어 있고, 남으로 바라보니 대붕(大鵬)이 비진(飛盡)하여 수색(水色)이 남(藍)과 같고, 서쪽으로 바라보니 후야요지왕모강(後夜瑤池王母降)하니 한 쌍 청조(青鳥)¹³⁾ 날아들고, 북으로 바라보니 요첨하처시중원(遙瞻何處是中原)에 1만 청산이 푸르렀다. 위로 바라보니 수중주파일봉서(袖奏罷一封書)하니 창생(蒼生) 화장(禍障)을 다 제하고, 아래

---

6) '낙포선녀'는 복비(宓妃)라고 부르는데, 복희씨의 딸. 낙수에 빠져죽어 낙수의 신이 되었다고 함.
7) 중국 호남성 충산현에 있는 충산을 중국 오악 중의 하나인 남악이라고 함. 이 산에는 도가 높은 여선(女仙)이 있으니 이를 남악부인이라고 함.
8) 남악부인의 시녀들로, 육관대사의 제자인 성진이 돌다리 위에서 만나 희롱했다고 함.
9) 중국 옛적 주나라 영왕의 태자로, 이름은 교. 생황을 잘 불었는데, 봉황의 소리를 본떠 〈봉황곡〉을 만들었으며, 부구생의 인도로 도학을 배워 신선이 되었음.
10) 중국 춘추 시대 진목공의 딸. 당시 퉁소 잘 불기로 이름난 소사라는 사람에게 시집가서 그 남편에게 퉁소 불기를 배워 잘 불었고 선도(仙道)를 닦아 부부가 신선이 되어 하늘로 올라감.
11) 중국 삼국 시대 위나라 사람. 자는 사종. 노장학을 좋아했다고 함.
12) 삼광은 해·달·별의 세 가지 광체(光體)를 말함으로, 하늘의 해·달·별과 같이 빛난다는 말.
13) 요지의 서왕모가 기르는 새. 빛이 푸르고 발은 셋이라고 함.

로 바라보니 청효빈문찬배성(淸曉頻聞贊拜聲)[1]에, 강신(江神) 하백(河伯)[2]이 조회한다. 음식을 드릴 적에 세상에 없는 바라. 파리상(玻璃床) 화류반(樺榴盤)에 산호잔(珊瑚盞) 호박대(琥珀臺)며 자하주(紫霞酒)·연엽주(蓮葉酒)를 기린포(麒麟脯)로 안주하고, 호로병(葫蘆甁) 제호탕(醍醐湯)[3]에 감로주(甘露酒)[4]를 곁들이고, 금강석 새긴 쟁반 안기증조(安期蒸棗)[5] 담아 놓고, 좌우에 선녀들이 심소저를 위로하고 수정궁에 머무를새, 옥황상제의 명이거늘 어찌 거행함이 범연하랴. 사해용왕께서 선녀들을 보내어 조석으로 문안하고 체번(替番)하여 시위(侍衛)할새, 3일에 소연(小宴)이요, 5일에 대연(大宴)으로 극진히 위로하더라.

심소저가 이렇듯 수정궁(水晶宮)에 머물를 때 하루는 하늘에서 옥진부인(玉眞夫人)이 오신다 하니 심소저는 누군 줄 모르고 일어서 바라보니, 오색 채운(彩雲)이 벽공(碧空)에 어렸는데, 요란한 풍악이 궁중에 낭자(狼藉)하더니 우편에는 단계화(丹桂花)요 좌편에는 벽도화(碧桃花), 청학과 백학이 옹위하고 공작(孔雀)은 춤을 추고, 안비(雁婢)로 전인(前引)하여 천상 선녀 앞을 서고 용궁 선녀 뒤에 서서 엄숙하게 내려오니 보던 바 처음

---

1) 맑은 새벽에 예의를 갖추어 절하는 소리를 자주 들음. 이 말의 뜻은 아래로는 날마다 새벽이면 모든 강(江)과 하(河)를 맡은 신들이 용궁에 모여, 용왕에게 조현하는 위의가 장함을 말함.
2) 하(河)를 맡은 신을 이름. 원래 강은 양자강이요, 하는 황하의 고유 명사이지만 지금에 와서는 강이나 하가 일반으로 강이란 말이 되었음.
3) 젖을 여러 번 거듭 정제하여 만든 것. 이것을 가장 순수한 상품 음식이라고 함.
4) 밤중에 이슬을 받아 그 물로 담근 술로, 역시 신선이 먹는 술.
5) 신선인 안기생이 먹는 찐 대추. 대추는 날것보다 쪄서 먹는 것이 좋다고 함.

이라. 이윽고 다다르자 교자에서 내려 옥진부인 들어오며,

"심청아, 너의 모 내가 왔다."

심소저 들어보니 모친이 오셨거늘 심청이 반겨라고 펄쩍 뛰어 내려가,

"애고, 어머니요."

우르르 달려들어 모친 목을 덥석 안고 일희일비하는 말이,

"근근한 소녀 몸이 부친 덕에 아니 죽고 15세 다하도록 모녀 간에 어머니가 중하거늘 이날 이때껏 얼굴을 모르기로 평생 한이 맺혀 잊을 날이 없삽더니, 오늘에야 뫼시오니 나는 한이 없사오나 외로우신 아버지는 누굴 보고 반기실까."

새롭고 반가운 정에 감격하고 급급한 마음 어찌할 줄 모르다가, 뫼시고 누에 올라가 모친 품에 싸여 앉아 얼굴도 대어 보고 수족도 만지면서 젖도 인제 먹어 보자. 반갑고도 즐거워라. 이같이 즐겨하며 울음 우니, 부인도 슬퍼하고 등을 툭툭 두드리며,

"우지 마라, 내 딸이야. 내가 너를 낳은 연후에 상제(上帝)의 분부 급하여 세상을 잊었으나, 눈 어둔 너의 부친 고생하고 살으심을 생각할수록 기막힌 중, 버섯밭에 이슬 같은 십생구사(十生九死)[1] 네 목숨을 더욱 어찌 믿었으랴. 황천(皇天)이 도와 주셔 네 이제 살았구나. 안아 볼까 업어 볼까. 귀하여라 내 딸이야. 얼굴 전형(典型) 웃는 모양 너의 부친 흡사하고, 손길 발길 고운 것이 어찌 그리 나 같으냐. 어려서 크던 일을 네가 어찌 알랴마는 이 집 저집 여러 사람 동냥젖을 먹고 크니, 그동안 너의 부친 그 고생 알리로다. 너의 부친 고생하고 응당 많이 늙으셨지? 뒷동네

---

[1] 열 번 살고 아홉 번 죽음. 간신히 살았다는 말.

귀덕어미네, 매우 극진하니 지금까지 살았느냐?"

심청이 여쭈오되,

"아버지에게 듣사와도 고생하고 지낸 일을 어찌 감히 잊으리까."

부친 고생하던 말과 일곱 살에 제가 나서서 밥 빌어 봉친한 일, 바느질로 살던 말과 승상 부인이 저를 불러 의모녀로 맺은 후에 은혜 태산 같은 일과, 선인 따라오려 할 때 화상족자 하던 말과, 귀덕어미 은혜 말을 낱낱이 하고 나니 그 말 듣고 승상 부인을 치하하며, 그렁저렁 여러 날을 수정궁에 머물 제, 하루는 옥진부인이 심청이더러,

"모녀간에 반가운 마음 한량없건마는 옥황상제의 처분으로 맡은 직분이 허다하여 오래 지체를 못 하겠다. 오늘은 너와 이별하고 너의 부친 만날 줄을 너야 어찌 알랴마는 후일에 서로 반길 때가 있으리라."

작별하고 일어나니 심청이 기가 막혀,

"아이고 어머니, 소녀는 마음먹기를 오래 뫼실 줄로만 알았더니 이별 말이 웬일이오."

아무리 애걸한들 임의로 못 할지라. 옥진 부인이 일어서서 손을 잡고 작별하더니, 공중을 향하여 인홀불견(因忽不見)[1] 올라가니 심청이 하릴없이 눈물로 하직하고 수정궁에 머물새, 심낭자의 출천대효를 옥황상제께옵서 심히 가상(嘉尙)히 여기시어 수정궁에 오래 둘 도리가 없는지라. 사해용왕에게 다시 하교(下敎)하시어 대효 심소저를 옥정연화(玉井蓮花) 꽃봉오리 속에 아

---

1) 어떤 행동을 하던 사람이 갑자기 보이지 않음.

무쪼록 고이 뫼셔 오던 길 인당수로 도로 내보내라 이르시니, 용왕이 영을 듣고 옥정련(玉井蓮) 꽃봉 속에 심소저를 고이 뫼셔 인당수로 환송(還送)할새, 사해용왕, 각궁 시녀(各宮侍女), 8선녀를 차례로 하직하는데,

"심소저 장한 효성, 세상에 나가셔서 부귀영화를 만만세 누리소서."

심소저 대답하되,

"여러 왕의 신세 입어 죽은 몸이 다시 살아 세상에 나가오니 수궁의 귀중한 몸 내내 무양(無恙)하옵소서."

한두 마디 말을 할새, 인홀불견 자취 없다.

꽃봉 속의 심소저, 막지소향(莫知所向)[2] 모르다가 수정문(水晶門) 밖에 떠나갈 제, 천무열풍음우(天無烈風淫雨)하고 해불양파(海不揚波) 잔잔한데[3] 삼춘에 해당화는 해수 중에 피어 있고, 동풍에 푸른 버들 해수변에 드리웠는데 고기 잡는 저 어옹(漁翁)은 시름없이 앉았구나. 한 곳에 다다르니 일색이 명랑하고 사면이 광활하다. 심청이 정신차려 살펴보니 용궁 가던 인당수라. 슬프다, 이 또한 꿈 속이 아닐까? 그때에 남경 장사 간 선인들이 심소저를 제수한 후, 그 행보에 이문을 남겨 돛대 끝에 큰 기를 꽂고 웃음으로 담화하며 춤추고 돌아올 제, 인당수에 당도하여 큰 소 잡고 동이술과 각종 과일 차려 놓고 북을 치며 제를 지낸다. 두리 둥둥둥, 북을 그치더니 도사공이 심소저의 명(名)을 쳐들어 큰 소리로 부른다.

"출천대효 심소저, 수중고혼(水中孤魂) 되었으니 애달프고 불

---

2) 항해 갈 바를 알지 못함.
3) 하늘에는 사나운 바람과 궂은비가 없고, 바다에는 물결이 일지 않아 잔잔함.

쌍한 말 어찌 다 하오리까. 우리 여러 선인들은 소저로 인연하여 억십만 냥 이(利)를 남겨 고국으로 가려니와, 소저의 방혼(芳魂)이야 어느 때나 오시려오. 가다가 도화동의 소저 부친 평안한가 안부하리다."

사공도 울고 여러 선인들이 모두 울 제, 해상을 바라보니 난데없는 꽃 한 송이 물 위에 둥실 떠있거늘 선인들이 모두 내달으며,

"이 애야, 저 꽃이 어인 꽃이냐? 천상의 월계화냐, 요지(瑤池)의 벽도화냐? 천상 꽃도 아니요 세상 꽃도 아닌데 해상에 있을 때는 아마도 심소저의 혼(魂)일 게다."

공론이 분분할 때, 백운이 몽롱한 중 선연(嬋娟)¹⁾한 청의선관(靑衣仙官)이 공중에 학을 타고 크게 외쳐 이르는 말이,

"해상에 떠 있는 선인들아, 꽃 보고 훤화(喧譁)²⁾ 마라. 그 꽃은 천상화(天上花)니라. 타인은 통섭(通涉) 부디 말고 각별 조심곱게 뫼셔 천자 전에 진상하라. 만일에 불연하면 뇌성보화천존(雷聲普化天尊)³⁾으로 하여금 생벼락을 내리리라."

선인들이 그 말 듣고 황겁하여 벌벌 떨며 그 꽃을 고이 건져 헛간에 뫼신 후에 청포장(靑布帳)을 둘러치니 내외 체통이 분명하다. 닻을 감고 돛을 다니 순풍이 절로 일어 남경이 순식간이라. 해안에 배를 매었더니. 세재경진(歲在庚辰) 3월이라. 송천자(宋天子)께옵서 황후의 상사를 당하시니, 억조창생 만민들과 십이제국(十二諸國) 사신(使臣)들은 황황급급 분주할 때, 천자 마

---

1) 얼굴이 곱고 예쁨.
2) 지껄이고 떠드는 것.
3) 벼락치는 일을 맡은 하늘의 관원.

음이 수란하사 각색 화초를 다 구하시어 상림원(上林苑)⁴⁾에 채우시고 황극전(皇極殿)⁵⁾ 앞으로 모두 심었으니, 기화요초(琪花瑤草) 장하도다. 경보릉파답명경(輕步凌波蹋明鏡)⁶⁾ 만당추수홍련화(滿塘秋水紅蓮花), 암향부동월황혼(暗香浮動月黃昏)⁷⁾ 소식 전하던 한매화(寒梅花), 공자왕손방수하(公子王孫芳樹下)에 부귀롤손 모란화(牧丹花), 이화만지불개문(梨花滿地不開門)⁸⁾에 장신궁중(長信宮中)⁹⁾ 배꽃, 촉국유한(蜀國遺恨) 못 이거시 싱싱세 일누선화(聲聲啼血杜鵑花), 황국(黃菊)·적국(赤菊)이며, 백일홍(百日紅)·영산홍(暎山紅)·난초(蘭草)·파초(芭蕉)·석류(石榴)·유자(柚子)·머루·다래·철쭉·진달래·맨드라미·봉선화(鳳仙花) 여러 화초 만발한데, 화간(花間) 쌍쌍 범나비는 꽃을 보고 반기어 너울너울 춤출 제, 천자 마음 크게 기뻐하여 꽃을 보고 사랑하시더니, 마침 이때 남경장사 선인들이 꽃 한 송이를 진상(進上)하니 천자 보시고 크게 기뻐하여, 옥쟁반에 받쳐 놓고 구름 같은 황극전에서 날이 가고 밤이 드니 경점(更點)¹⁰⁾ 소

---

4) 중국 한나라 임금의 원유(苑囿)의 이름. 섬서성 장안현 서쪽에 있었음. 한무제가 옛적 진(秦)나라 시대의 원유를 확장하여 크게 만든 것.
5) 중국 명나라 황궁의 정전 이름. 새해 아침 및 동지와 황제탄신일에 이 전에서 조하를 받았다고 함.
6) 이 구절은 송나라 시인 장뇌의 〈하화사〉의 한 구절. 뜻은 '가벼운 걸음으로 물결을 업신 여기고 거울 같은 맑은 물을 밟고 간다.'
7) 송나라 시인 임포의 〈산원소매시〉의 한 구절. 뜻은 '그윽한 향기는 달이 어슴푸레한 때 떠 움직인다.'
8) 배꽃은 떨어져 땅에 가득한데 문은 열리지 않음. 쓸쓸하고 고요함을 나타내어 쓴 것. 당나라 유방평의 〈춘원시〉를 인용함.
9) 중국 한나라 때에 황태후가 거처하던 궁의 이름.
10) 옛적에 밤이 들면 매경·매점마다 궁중에서나 군영에서 북이나 종을 쳐서 시간을 알리는 소리.

리뿐이로다.

천자 취침하실 때에 비몽사몽간에 봉래(蓬萊)[1] 선관이 학을 타고 분명히 내려와 거수장읍(擧手長揖)하고 흔연히 가로되,

"황후 붕(崩)하심을 상제께서 아옵시고 인연을 보내셨사오니 어서 바삐 살피소서."

말을 마저 못하여 깨달으니 남가일몽(南柯一夢)이라. 배회완보(徘徊緩步)하다가 궁녀를 급히 불러, 옥쟁반의 꽃송이를 살피시니 보던 꽃은 없고 한 낭자가 앉았거늘, 천자 크게 기뻐하사 작일요화반상기(昨日瑤花般上期), 금일선아하천래(今日仙娥下天來)로구나.[2] 꿈인 줄 알았더니 꿈이 또한 실상인가. 익조(翌朝)에 이 뜻으로 기록하여 묘당(廟堂)에 내리시니 삼태육경(三台六卿)[3]·만조백관(滿朝百官)·문무제신(文武諸臣)이 일시에 들어와 복지커늘 천자께서 가라사대,

"짐(朕)이 거야(去夜)에 득몽(得夢)한 후, 심히 기이하기로 작일 선인이 진상한 꽃송이를 살펴보니 그 꽃은 간 곳 없고 한 낭자가 앉았는데 황후의 기상이라. 경들의 뜻은 어떠한고?"

문무제신이 일시에 아뢰되,

"황후께서 승하(昇遐)하셨음을 상천(上天)이 아옵시고 인연을 보내시니 국조(國祚) 무궁하와 황천(皇天)이 보우(保佑)하심이니, 국가의 경사 이에 더 큼이 없사옵니다."

천자께서 크게 기뻐하시어 흠천감(欽天監)[4]으로 택일하고 예

---

1) 산 이름. 방장과 영주와 아울러 삼신산이라고 하는데, 모두 발해 가운데 있다고 하며, 그 산들 가운데는 신선이 살고 불로초와 불사약이 있다고 함.
2) 어제 요화반상에서 기약했더니, 오늘 선아가 하늘에서 내려왔다는 뜻.
3) 태사·태박·태보의 3공과 대재·대사종·대종백·대사마·대사관·대사공의 6경. 근대에 와서는 3정승과 육부상서를 말함.

부(禮部)에 분부하여 가례(嘉禮)⁵⁾ 범절 마련할 제 위의도 거룩
하다.

　칠보화관(七寶花冠) 십장생(十長生)에 수복(壽福) 놓아 진주
옥패(珍珠玉佩) 쌍학봉미선(雙鶴鳳尾扇)에 월궁항아(月宮姮娥)
하강(下降)한 듯, 전후 좌우 상궁(尙宮) 시녀 녹의홍상(綠衣紅
裳) 빛이 난다. 낭자 화관 족두리며, 봉차(鳳釵)⁶⁾ 죽절(竹節) 밀
화불수(蜜花佛手)⁷⁾ 산호(珊瑚) 가지, 명월패(明月佩) 울금향(鬱
金香), 당의(唐衣)⁸⁾, 원삼(圓衫), 호품(好品)으로 단장하니 황후
위의(威儀) 장하도다. 층층이 뫼신 시녀 광한전(廣寒殿) 시위한
듯, 청홍백 비단 차일(遮日) 하늘 닿게 높이 치고, 금수복(金壽
福) 용문석(龍紋席) 공단 휘장 금병풍(金屛風)에 백자천손(百子
千孫)⁹⁾ 근감하다.

　금촛대에 홍초 꽂고 유리 산호 좋은 옥병(玉甁) 굽이굽이 진
주로다. 난봉(鸞鳳), 공작(孔雀), 짖는 사자(獅子), 청학(靑鶴)은
쌍쌍이요, 앵무 같은 궁녀들은 기를 잡고 늘어섰다. 삼태육경,
만조백관 동서변에 갈라서서 읍양진퇴(揖讓進退)¹⁰⁾하는 거동,

---

4) 천문·지리와 점복을 맡은 관청. 오늘의 기상대와 같음.
5) 왕이나 왕자·공주의 혼례.
6) 머리를 봉황 모양으로 만든 금비녀.
7) 밀화를 주먹 모양으로 새겨 만든 노리개.
8) 여자의 대례복. 겉은 녹색 비단으로 하고, 홍색 비단으로 안을 받치며, 봉황을 수놓은
　 흉배를 붙이고 소매는 길고 넓으며, 것과 고름은 자줏빛으로 함.
9) 10첩이나 3첩 되는 병풍에 가정 생활의 모습을 그리되, 100명이나 천 명이 되는 많은
　 자손이 계절을 따라 각양각색으로 즐겁게 뛰노는 모양을 그려서 꾸민 것. 이것을 백자동
　 병풍이라 함.
10) 읍하고, 사양하고, 앞으로 나오고 뒤로 물러서고 하는 행례하는 절차를 말함.

이부상 (吏部尙書)[1] 함을 지고 납채를 드린 후에, 천자 위의 볼짝 ,면 융준용안(隆準龍顔) 긴 수염 미대강산정기(眉帶江山精 氣) 하고, 복은천지조화(腹隱天地造化)하고[2], 황하수(黃河水) 다 시 맑아 성인이 나셨도다. 면류관(冕旒冠)[3], 곤룡포(袞龍袍)[4]에 양 어깨 일월부터 응천상지삼광(應天上之三光)이요, 비인간지오 복(備人間之五福)이라. 대례(大禮)를 마친 후에 심소저를 금덩에 고이 뫼셔 황극전에 드옵실 때, 위의와 예절이 거룩하고 장하도 다. 이로부터 심황후의 어진 덕이 천하에 가득하니, 조정 문무 백관과 각성(各省) 자사(刺史), 열읍(列邑) 태수(太守), 억조창 생(億兆蒼生) 인민들이 복지축원하되,

"우리 황후 어지신 성덕 만수무강(萬壽無疆)하옵소서."

이즈음 심봉사는 딸을 잃고 실성하여 날마다 탄식할 제, 봄이 가고 여름 되니 녹음방초 한(恨)이 되고, 지지지 우는 새는 심 봉사를 비웃는 듯, 산천은 막막하고 물소리 처량하다. 도화동 안팎 마을 남녀 노소 모두 와서 안부 물어 정담(情談)하고, 딸 과 같이 놀던 처녀 종종 와서 인사하나, 서러운 마음 첩첩하여 아장아장 들어오는 듯, 앞에 앉아 말하는 듯, 무리무리 착한 일 과 공경하던 말소리를 일시라도 못 견디고 반시라도 못 견딜 제, 목전(目前)에 딸을 잃고 목석(木石)같이 살았으니 이런 팔

---

1) 옥실(玉室)에서 가례를 행할 때에는 재상 중에서 복수(福數) 좋은 이를 가려, 예장함을 지고 기러기를 안고 하는 기럭아비 노릇을 하게 했음.
2) 맑은 눈썹은 강산의 정기를 담쏙 받은 듯하고 불룩한 배는 재주와 지혜를 가득 담고 있 는 듯함.
3) 제왕의 정복에 갖추어 쓰던 관. 겉은 검은빛, 안은 붉은빛으로 앞으로 줄이 늘어져 얼굴 을 가렸으며 줄의 수는 쓰는 이에 따라 다름.
4) 천자가 입는 예복. 옷에 일월 · 성신 · 산 · 용 · 화충 등을 수놓아 만든 옷.

자 또 있는가. 이렇듯이 낙루(落淚)하고 세월을 보내는데 인간에게 친절한 것은 천륜이라, 심황후는 이때 귀중한 몸이 되었으나, 앞 못 보는 부친 생각이 무시(無時)로 비감하여 홀로 앉아 탄식한다.

"불쌍하신 우리 부친 생존하신가 별세하셨는가, 부처님이 영험하시어 저간(這間)에 눈을 떠서 정처 없이 다니시나."

이렇듯이 탄식할 때, 천자께서 내전(內殿)에 들어와 황후를 보시니, 두 눈에 눈물이 서려 있고, 옥면(玉面)에 수심이 쌓였거늘 천자 물으시되,

"황후는 무슨 일로 미간(眉間)에 수심이 미만(彌漫)[5]하시니 어인 일이오?"

물으시니 황후가 꿇어앉아 나직이 여쭈오되,

"신첩(臣妾)이 근본 용궁인(龍宮人)이 아니오라 황주 도화동에 사는 심학규의 딸이온데, 첩의 부친이 앞을 보지 못하여 철천지원(徹天之怨) 되옵더니, 몽운사 부처님께 공양미 300석을 시주하면 감은 눈을 뜬다 하옵기로, 가세는 빈한하고 판출(辦出)할 길이 없어 남경장사 선인들에게 300석에 몸이 팔려 인당수에 빠졌삽더니, 용왕의 덕을 입어 생환인간(生還人間)하여 몸은 귀히 되었사오나, 천지 인간 병신 중에 소경이 제일 불쌍하오니 특별히 통촉(洞燭)하옵시어 천하에 신칙(申飭)하사, 맹인 불러 올려 사찬(賜饌)하옵시면 첩의 천륜을 찾을 수 있을까 하오며, 또한 국가의 태평한 경사가 아니오리까?"

황제 칭찬하시되,

---

5) 널리 가득 차 그득먹함.

"황후는 과연 여중대효(女中大孝)로소이다."

즉시 근신을 명소(命召)하여 연유를 하교(下敎)하시며, 금월 말일에 황성에서 맹인연(盲人宴)을 여신다는 칙지(勅旨)를 선포하니, 각도 각현에서 곳곳마다 거리거리 게시(揭示)하여 노소 맹인들을 황성으로 올려보낼새, 그중에 병든 소경은 약을 먹여 조리시켜 올라가고, 그중에도 요부한 자 좌우청촉으로 빠지려다 영문(營門)[1]에 들어가면 볼기 맞고 올라가고, 젊은 맹인 늙은 맹인 일시에 올라간다. 그러나 심봉사는 어디 가고 모르던고.

이때 심학규는 몽운사 부처가 영험이 없었는지 딸 잃고 쌀 잃고, 눈도 뜨지 못하여 지금껏 심봉사는 봉사 그대로 있는지라. 그중에 눈만 못 떴을 뿐 아니라, 생애(生涯)의 고생이 세월을 따라 더욱 깊어간다. 도화동 사람들은 당초의 남경장사 부탁도 있고, 곽씨 부인을 생각하든지, 심청의 정곡(情曲)을 생각하여도 심봉사를 위하여 마음 극진히 써서 돕는 터라. 그때 선인 맡긴 전곡(錢穀)을 착실히 이식(利息)을 늘려 가며 심봉사의 의식을 넉넉케 하고 형세도 차차 늘어가더니, 이때 마침 본촌에 뺑덕어미라 하는 계집이 있어 행실이 괴악한데, 심봉사의 가세 넉넉한 줄 알고 자원하여 첩이 되어 심봉사와 사는데, 이 계집의 버릇은 아주 인중지말(人中之末)[2]이라.

그렇듯 어두운 중에도 심봉사를 더욱 고생되게 가세를 결단

---

1) 지금의 도청을 일컬음. 옛날 우리 나라에서는, 팔도 감사가 다 군직으로 병마절도사나 수군절도사를 예승(例陞)하므로, 감사가 집무하는 관아를 감영이라 하고 간단히 영문이라 함.
2) 사람 중에서 제일 나쁜 사람.

내는데, 쌀을 주고 엿 사먹기, 벼를 주고 고기 사기, 잡곡으로 돈을 사서 술집에 술 먹기와 이웃집에 밥 부치기, 빈 담뱃대 손에 들고 보는 대로 담배 청하기, 이웃집을 욕 잘하고 동무들과 싸움 잘하고 정자 밑에 낮잠 자기, 술에 취하면 한밤중 긴목 놓고 울음 울기, 동네 남자 유인하기, 1년 360일을 입 잠시 안 놀리고는 못 견디어 집안의 살림살이를 홍시감 빨듯 홀짝 없이하되, 심봉사는 다년간 공방(空房)으로 지내던 터라, 기중 실가지락(室家之樂)이 있어 삯 받고 관가 일을 하듯 하되, 뺑덕어미는 마음먹기를 형세를 떨어먹다 2, 3일 양식할 만큼 남겨 놓고 도망할 작정으로 6월 까마귀 곤 수박 파먹듯, 불쌍한 심봉사의 재물을 주야로 퍽퍽 파던 터이라. 하루는 심봉사 뺑덕어미를 불러,

"여보소, 우리 형세가 매우 착실터니 지금 남은 살림 얼마 아니 된다 하니, 내 도로 빌어먹기 쉬운즉 차라리 타관에 가 빌어먹세. 본촌에는 부끄럽고 남의 책망 어려우니 이사하면 어떠한가?"

"매사를 가장(家長) 하라는 대로 하지요."

"당연한 말이로세. 마을 사람에게 빚이나 없나?"

"내가 줄 것 조금 있소."

"얼마나 되나?"

"뒷마을 높은 주막에 가 해정주(解酲酒)[3] 한 값이 마흔 냥."

심봉사가 어이없어,

"잘 먹었다. 또 어디?"

---

3) 술을 많이 먹고 취했다가 깰 무렵에 속을 가라앉힌다고 다시 몇 잔 먹는 술.

"저 건너 불똥이 함씨네¹⁾ 엿 값이 서른 냥."
"잘 먹었다. 또?"
"안촌 가서 담뱃값이 쉰 냥."
"이것 참 잘 먹었네."
"기름 장사한테 스무 냥."
"기름은 무엇 하였나?"
"머릿기름 하였지."
심봉사가 기가 막혀 하도 어이없어,
"실상 얼마큼 아니 되네."
"그까짓 것, 무엇이 많소?"
한참 이렇듯 문답하더니 심봉사는 그 재물을 생각할 적이면 그 딸의 생각이 더욱 뼈가 울리며 간절한지라. 여광여취한 듯, 홀로 뛰어나와 심청이 가던 길을 찾아 강변에 홀로 앉아 딸을 부르며 우는 말이,
"내 딸 심청아, 너는 어이 못 오느냐? 인당수 깊은 물에 네가 죽어 황천 가서 너의 모친 뵈옵거든 모녀간의 혼이라도 나를 어서 잡아가거라."
이렇듯이 낙루(落淚)할 때, 관차(官差)²⁾가 심봉사가 강변에서 운단 말을 듣고 강변으로 쫓아와서,
"여보 봉사, 관가님께서 부르시니 어서 바삐 갑시다."
심봉사가 이 말을 듣고 깜짝 놀라,
"나는 아무 죄가 없소."
"황성에서 맹인님 불러 올려 벼슬을 주고 좋은 가택(家宅)을

---

1) 남의 조카를 대접해서 일컫는 말.
2) 관청의 명령을 받아 전달하거나 집행하러 나가는 아전.

많이 준다 하니, 어서 급히 관가로 갑시다."
 심봉사 관차 따라 관가에 들어가니 관가에서 분부하되,
"황성에서 맹인 잔치 한다니 어서 급히 올라가라."
 심봉사가 대답하되,
"옷 없고 노자 없어 황성 천 리 못 가겠소."
 관가에서도 심봉사 일을 다 아는지라. 노자를 내어주고 옷 일습(一襲) 내어주며 어서 바삐 올라가라 하니, 심봉사 하릴없어 집으로 돌아와 마누라를 부른다.
"뺑덕이네."
 뺑덕어미는 심봉사가 홧김에 물에 빠진 줄 알고 남은 살림 내차지라고 속으로 은근히 좋아하더니, 심봉사 들어오니까 급히 대답하되,
"네, 네."
"여보게 마누라, 오늘 관가에 갔더니 황성서 맹인 잔치를 한다고 나더러 가라 하니, 내 갔다 올 터이니 집안을 잘 살피고 나 오기를 기다리소."
"여필종부(女必從夫)라니 가군 가는데 나 아니 갈까. 나도 같이 가겠소."
"자네 말이 하도 고마우니 같이 가 볼까? 건넛마을 김 장자에게 돈 300냥 맡겼으니, 그 돈 중에 50냥 찾아 가지고 가세."
"에그 봉사님, 딴소리하네. 그 돈 300냥 벌써 찾아 이 달의 살구값으로 다 없앴소."
 심봉사가 기가 막혀,
"300냥 찾아온 지 며칠 아니 되어 살구값으로 다 없앴단 말이야?"

"그까짓 돈 300냥을 썼다고 그같이 노여워하나?"

"네 말하는 꼴 들어 본즉, 귀덕이네 집에 맡긴 돈을 또 썼겠구나."

뺑덕어미 또 대답하되,

"그 돈 100냥 찾아서는 떡값, 팥죽값으로 벌써 다 썼소."

심봉사 더욱 기가 막혀,

"애고 이 몹쓸 년아, 출천대효 내 딸 심청이 인당수에 망종 갈 때, 사후에 신세라도 의탁하라 주고 간 돈, 네년이 무엇이라고 그 중한 돈을 떡값, 살구값, 팥죽값으로 다 녹였단 말이냐?"

"그러면 어찌하여요? 먹고 싶은 것 안 먹을 수 있소?"

뺑덕어미가 살망을 피우며,

"어쩐 일인지 지난달에 몸구실을 거르더니, 신것만 구미에 당기고 밥은 아주 먹기가 싫어요."

그래도 어리석은 사나이라, 심봉사가 이 말 듣고 깜짝 놀라,

"여보게, 그러면 태기가 있을려나 봐. 그러나 신것을 그렇게 많이 먹고, 그 애를 낳으면 그놈의 자식이 시큰둥하여 쓰겠나? 남녀간에 하나만 낳소. 그도 그러려니와 서울 구경도 하고 황성 잔치 같이 가세."

이렇듯 말하며 행장을 차릴 적에 심봉사 거동 보소. 제주(濟州) 양태(凉太)[1] 굵은 베로 중추막[2]에 목전대(木纏帶)[3] 둘러 띠고, 노수(路需)냥을 보에 싸서 어깨 너머 둘러메고, 소상반죽(瀟湘斑竹) 지팡이를 왼손에 든 연후에 뺑덕어미 앞세우고 심봉

---

1) 옛날 제주도에서 대나무의 섬유로 갓양태를 걸어 많이 수출했음.
2) 옛날 우리 나라 평민 남자들의 통상 외출복.
3) 길고 좁은 헝겊을 엇으로 돌려 비틀어 돌려 꿰매서 원통형으로 만들어 허리에 띠었음.

사 뒤를 따라 황성으로 올라간다. 한 곳에 다다라서 한 주막에서 자노라니 그 근처에 황봉사라 하는 소경이 뺑덕어미가 잡것인줄 인근 읍에 자자하여 한번 보기를 원하였는데, 뺑덕이네가 의례 그곳으로 올 줄 알고 그 주인과 의논하고 뺑덕어미를 유인할 제, 뺑덕어미 속으로 생각하되,

'심봉사 따라 황성(皇城) 잔치 간다 해도 눈 뜬 계집이야 참례도 못 할 터이요, 집으로 가자니 외상값에 졸릴 테니 집에 가 살 수 없은즉, 황봉사를 따라가면 일신도 편코 한철 살구는 잘 먹을 터이니 황봉사를 따라가리라.'

하고 심봉사의 노자 행장까지 도적해 가지고 밤중에 도망을 하였더라. 불쌍한 심봉사는 아무것도 모르고 아침에 일어나서,

"여보소 뺑덕어미, 어서 가세. 무슨 잠을 그리 자나?"

하며 말을 한들 수십 리나 달아난 계집이 어디 대답이 있을 수 있나.

"여보소 마누라."

아무리 하여도 대답이 없으니, 심봉사 마음에 괴이하여 머리맡을 더듬은즉, 행장 노자 싼 보가 없는지라. 그제야 도망한 줄 알고,

"애고, 이 계집이 도망하였나?"

심봉사 탄식한다.

"여보게 마누라, 나를 두고 어디 갔나? 나하고 가세, 마누라. 나를 두고 어디 갔나? 황성 천리 머나먼 길을 누구와 함께 동행하며 누굴 믿고 가잔 말인가. 나를 두고 어딜 갔나? 애고 애고, 내 일이야."

이렇듯이 탄식하다가 다시 생각하고,

'아서라, 그년 생각하니 내가 잡놈이다. 현철한 곽씨 부인 죽는 양도 보았으며, 출천대효 내 딸 심청이 생이별도 하였거든, 그 망할 년을 다시 생각하면 내가 또 잡놈일 것이다. 다시는 그년을 생각하여 말도 아니하리라.'
하더니 그래도 또 못 잊어,
  "애고, 뺑덕어미."
부르며 그곳에서 떠나더라. 또 한 곳을 다다르니 이때는 어느 때인고, 오뉴월 더운 때라. 덥기는 불 같은데 비지땀 흘리면서 한 곳을 당도하니, 백석청탄(白石淸灘)[1] 시냇가에 목욕 감는 아이들이 저희끼리 재담하며 목욕 감는 소리가 나니 심봉사도,
  "에라, 나도 목욕이나 해야겠다."
하고, 고의 적삼을 활활 벗고 시냇가에 들어앉아 목욕을 한참 하고 수변(水邊)으로 나가 옷을 입으려 더듬어본즉, 심봉사보다 더 시장한 도적놈이 다 집어 가지고 도망하였구나. 심봉사가 기가 막혀,
  "애고, 이 도적놈아. 내 것을 가져갔단 말이냐? 천지인간 병신 중에 나 같은 이 뉘 있으리. 일월이 밝았어도 동서를 내 모르니, 살아 있는 내 팔자야 어서 죽어 황천 가서 내 딸 청이 고운 얼굴 만나서 보리로다."
  벌거벗은 알봉사가 불 같은 볕 아래 홀로 앉아 탄식한들 뉘라 옷을 줄까. 그때 무릉태수(武陵太守)가 황성 갔다 오는 길인데 벽제(辟除)[2] 소리 반겨 듣고,

---

1) 하얀 돌 위로 얕게 흘러가는 맑은 여울 물.
2) 옛날에 관인들이 가마를 타고 길로 갈 때에는 하인이 앞에 서서 서민들이 그 앞길을 건너거나 가까이 서서 가는 것을 금지하는 것.

"옳다. 저 관원에게 억지나 좀 써 보리라."

벌거벗은 알봉사가 부자지만 움켜쥐고,

"아뢰어라 아뢰어라, 급창아 아뢰어라. 황성 가는 봉사로서 발괄[3]차로 아뢰어라."

행차가 머무르고,

"어디 사는 소경이며, 어찌 옷은 벗었으며, 무슨 말을 하려느냐?"

심봉사 여쭈오되,

"네, 소맹이 아뢰리다. 소맹은 황주 도화동에 사는데 황성 잔치에 가다가 하도 덥기에 이 물가에 목욕감다가 의복과 행장을 잃었으니, 세세히 찾아주시오."

행차가 놀랍게 듣고,

"그러면 무엇을 잃었느냐?"

심봉사 일일이 아뢰니 행차가 분부하되,

"네 사정 원통하나 졸지에 찾을 수 없으니 옷 한 벌 줄 것이니, 어서 입고 황성에 올라가라."

관행차 급창을 불러 분부하되,

"너는 벙거지를 써도 탓 없으니, 갓 벗어 소경 주라. 교군꾼은 수건 쓰고 망건 벗어 소경 주라."

심봉사가 입고 나니 잃은 옷보다 한결 낳은지라. 백배사례하고 황성으로 올라갈 제, 신세를 자탄(自歎)하면서 올라간다.

"어이 가려나, 내 어이 가려나, 오늘은 가다 어디 가 자며, 내일은 가다 어데 가 잘까. 조자룡(趙子龍) 월강(越江)하던 청총마

---

[3] 지난날, 관아에 대하여 억울한 사정을 글이나 말로 하소연하던 일.

(靑驄馬)나 탔으면은 오늘 황성 가련마는 바싹 마른 내 다리로 몇 날 걸어 황성 갈까. 어이 가리. 내 어이 가리. 정객관산로기중(征客關山路幾重)에 관산이 멀다 한들 날랜 군사 가는 길이라. 눈 어둡고 약한 몸이 황성 천 리 어이 가리, 어이를 가리. 황성을 가건마는 그곳은 무슨 곳인고. 용궁(龍宮)이 아니어든 우리 딸을 만나 보며, 황천이 아니어든 곽씨 부인 만날쏘냐. 궁하고 병든 몸이 그곳인들 어이 갈꼬."

이렇듯이 자탄하며 녹수진경(綠樹秦京)¹⁾ 이른지라. 낙수교(洛水橋)를 건너갈 제, 가로(街路)에서 어떠한 여인이 묻는 말이,

"게 가는 게 심봉사요? 나 좀 보오."

심봉사가 생각하되,

'이 땅에서 나를 알 이 없건마는 괴이한 일이로다.'

하고, 즉시 대답을 하고 그 여인 따라가니 집이 또한 굉장하다. 석반(夕飯)을 들이는데 찬수(饌羞) 또한 괴이하다. 석반을 넉은 후에 그 여인이,

"봉사님, 나를 따라 저 방으로 들어가옵시다."

"여보, 무슨 우환 있소? 나는 눈만 봉사지 점도 못 치고 경도 못 읽소."

여인이 대답하되,

"잔말 말고 내 방으로 갑시다."

심봉사 생각에,

'애고, 암만해도 보쌈에 들었나 보다.'

하고, 마지못하여 안으로 들어가니 어떠한 부인인지 은근히 하

---

1) '진경'은 중국 고대의 서경으로 곧 장안을 말함. 지금의 섬서성 서안부로, 여기가 고대에 진나라 땅이었으므로 진경이라고 일컬음.

는 말이,

"당신이 심봉사요?"

"그러하오. 어찌 아시오?"

"아는 도리가 있지요. 내 성은 안가요. 10세 전 안맹하여 여간 복술(卜術)을 배웠더니, 25세 되도록 배필을 아니 얻기는 증험하는 일이 있기로 출가를 아니하였는데, 간밤에 꿈을 꾼즉 하늘의 일월이 떨어져 보이거늘, 생각에 일월은 사람의 안목이라, 내 배필이 나와 같은 소경인 줄 알고 물에 잠기거늘, 심씨(沈氏)인지 알고 청하였사오니 나와 인연인가 하나이다."

심봉사 속마음에 좋아서,

"말이야 좋건마는 그렇기를 바라겠소."

그날 밤에 안씨 여맹인과 동침하며 잠시라도 즐기더니 몽사 괴이한지라. 이튿날 일어나 앉아 심봉사가 큰 걱정을 하니 안씨 맹인이 묻는 말이,

"우리가 백년 배필을 맺었는데 무슨 걱정이 그리 많으시오?"

"내가 간밤에 꿈을 꾸니 내 가죽을 벗겨 북을 매어 쳐 보이고, 낙엽이 떨어져 뿌리를 다 덮어 보이고, 화염충천한데 벌떼가 왕래하였으니 반드시 죽을 꿈이오."

안씨 맹인이 한참 생각을 하더니 해몽(解蒙)을 하여 말하되,

"그 꿈인즉 대몽(大夢)이오. 거피작고(去皮作鼓)하니 고성(鼓聲)은 궁성(宮聲)이라 궁(宮) 안에 들 것이요, 낙엽귀근(落葉歸根)하니 부자상봉(夫子相逢)이라 자식 만나 볼 것이요, 화염이 충천한 데 벌떼가 왕래하기는 몸을 운동하여 펄펄 뛰었으니 기꺼움을 보고 춤출 일이 있겠소."

심봉사가 탄식한다.

"출천대효 내 딸 청이가, 인당수에 죽은 후에 어느 자식이 있어 상봉할꼬."

이렇듯 탄식한 후, 안씨 맹인이 만류하므로 수일 유련(留連)하다가 서로 작별한 후에, 심봉사 다시 황성 길을 떠나니라.

심봉사 황성에 당도하니, 각도 각읍 소경들이 들거니 나거니 각처 여각(旅閣)에 들끓느니 소경이라. 소경이 어찌나 많이 왔던지 눈이 성한 사람까지 소경으로 보일 지경이라. 봉명군사(奉命軍士)가 영기(令旗)[1]를 둘러메고 골목 골목 외치는 말이,

"각도 각읍 소경님네, 맹인 잔치 망종이니 바삐 와서 참례하오."

고성하여 외치고 가거늘, 심봉사가 객주(客主)에 쉬다가 바삐 떠나 궁 안을 찾아가니 수문장(守門將)이 좌기(坐起)[2]하고 날마다 오는 소경 점고(點考)하여 들일 적에, 이때에 심황후는 날마다 오는 소경 거주성명(居住姓名)을 받아 보되, 부친의 성명이 없는지라 홀로 앉아 탄식한다. 3천 궁녀 시위하여 크게 울든 못하고 옥난간에 비껴 앉아 문설주에 옥면(玉面)을 대고 혼잣말로 하는 말이,

"불쌍하신 우리 부친, 생존한가 별세한가? 부처님이 영험하여 그간에 눈을 떠서 소경축에 빠지셨나? 당년 70 노환(老患)으로 병이 들어 못 오시나? 오시다가 노중(路中)에서 무슨 낭패 보셨는가? 살아 귀하게 된 줄 아실 길 없으니 원통하도다."

이렇듯 탄식하더니, 이윽고 모든 소경이 궁중에 들어와 벌여

---

1) 상부의 명령을 전달하러 가는 군사가 들고 가는 기. 푸른빛 깃발에 영 자를 크게 새겨 붙였음.
2) 관아의 우두머리가 출근하여 일을 봄.

앉았는데, 말석에 앉은 소경을 가만히 바라보니 머리는 반백인데 귀 밑에 검은 때가 부친이 분명하다. 심황후 시녀를 불러 분부하되,

"저 소경 이리로 와 거주 성명을 고하게 하라."

심봉사가 꿇어앉았다가 시녀를 따라 탑전(榻前)으로 들어가서 세세원통한 사연을 낱낱이 말씀한다.

"소맹은 근본 황주 도화동에 사는 심학규라 하옵니다. 20에 안맹하고 40에 상처하여, 강보에 싸인 여식 동냥젖을 얻어 먹여 근근이 길러 내어 15세가 되었는데 이름은 심청이라. 효성이 출천하여 그것이 밥을 빌어 연명하여 살아갈 제, 몽운사 부처님께 공양미 300석을 지성으로 시주하면 눈 뜬단 말을 듣고 남경장사 선인들께 공양미 300석에 아주 몸을 영영 팔려 인당수에 죽었는데, 딸만 죽이고 눈 못 뜨니 몹쓸놈의 팔자 벌써 죽자 하였더니 탑전에 세세 원정(原情)³⁾ 낱낱이 아뢴 후에 죽자고 불원천리 왔나이다."

하며 백수풍진(白首風塵) 고루 겪은 두 눈에서 피눈물이 흘러내리며,

"애고, 내 딸 청아!"

엎어지며 땅을 치고 통곡을 마지아니하니, 심황후 이 말을 들으시매, 말을 다 마치기 전에 벌써 눈에서 피가 두르고 뼈가 녹는 듯하여 부친을 붙들어 일으키며,

"애고 아버지, 살아 왔소. 내 과연 물에 빠진 청이오. 청이 살았으니 어서 눈을 뜨시고 딸의 얼굴을 보옵소서."

---

3) 억울한 사정을 하소연하는 것.

이 말을 들은 심봉사가 어떻게 반가왔던지 두 눈 번쩍 뜨이니 심봉사 두 손으로 눈을 썩썩 비비며,

"으으, 이게 웬 말이냐? 내 딸 심청이가 살았단 말이냐? 내 딸 심청이 살았단 말이 웬 말이냐? 내 딸이면 어디 보자!"

하더니, 백운이 자욱하며 청학·백학·난봉·공작이 운무중(雲霧中)에 왕래하며 심봉사 머리 위에 안개가 자욱하더니 심봉사의 두 눈이 활짝 뜨이니, 천지 일월 밝아 왔구나. 심봉사 마음 비취여광하여 소리를 지른다.

"애그머니! 애고, 무슨 일로 양쪽 환하더니 세상이 허전하구나. 감았던 눈 번쩍 뜨니 천지 일월 반갑도다."

딸의 얼굴 쳐다보니 칠보화관(七寶花冠)이 황홀하여 뚜렷하고 어여쁘다. 심봉사가 그제야 눈뜬 줄을 알고 사방을 살펴보니 형형색색 반갑도다. 심봉사가 어찌나 좋은지 와락 달려들어,

"이게 누구냐? 갑자 4월 초파일날 몽중에 보던 얼굴일세. 음성은 같다마는 얼굴은 초면일세. 얼씨구나 지화자, 이런 경사 또 있을까. 여보게 세상 사람들아, 고진감래(苦盡甘來) 나를 두고 한 말일세. 얼씨구 좋을씨고, 지화자 좋을씨고! 어둠 침침 빈 방안에 불 켠 듯이 반가웁고, 산양수(山陽數) 큰 싸움에 자룡(子龍) 본 듯 반갑도다. 어둡던 눈을 뜨니 황성 궁중 웬일이며, 궁 안을 살펴보니 내 딸 심청 황후 되기 천천만만 뜻밖이지. 창해 만리 먼먼 길에 인당수 죽은 몸은 한세상에 황후 되고, 내 눈이 안맹한 지 40년에 눈을 뜨니 옛 글에도 없는 일. 허허 세상 사람들, 이런 말을 들었는가? 얼씨구 좋을씨고, 이런 경사 어디 있나."

심황후 또한 크게 기뻐하며 부친을 뫼시고 3천 궁녀 옹위(擁

衛)하여 내전(內殿)으로 들어가니, 황제께서 또한 용안(龍顔)에 크게 기뻐하셔 심학규를 부원군(府院君)에 봉하시고 갑제(甲第)와 전답(田畓) 노비(奴婢)를 사패(賜牌)¹⁾하시고, 뺑덕어미와 황 봉사는 일시에 잡아 올려 간죄(奸罪)를 엄징(嚴懲)하고, 도화동 백성들은 호잡역(戶雜役) 제감(除減)하고, 심황후 자라날 때 젖 먹여 주던 부인들은 가택(家宅)을 내리시고, 상급을 후이 주시고, 함께 자란 동무들은 궁중으로 불러들여 황후께서 보옵시고, 장승상 댁 부인 기구 있게 뫼셔 올려, 궁중으로 뫼신 후에 승상 부인과 심황후와 서로 잡고 우는 양은 천지도 감창(感愴)이라. 승상 부인이 품안에서 족자를 내어 심황후 앞에다 펼쳐 놓으니, 그 족자에 쓰인 글은 심황후의 친필이라. 서로 잡고 일회일비하는 마음 족자의 화상도 우는 듯하더라.

　심 부원군이 선영(先塋)과 곽씨 부인 산소에 영분(榮墳)을 한 연후에, 종로에서 만난 안씨 맹인을 맞아 그에게서 70에 생남하고, 심황후 어지신 성덕 천하에 가득하니, 억조 창생들은 만세를 부르고 심황후의 본을 받아 효자 열녀가 되더라.

　슬프다. 후세에 이 글을 볼 제, 누가 효성이 지극한 보배되는 줄을 생각지 않으리요 하였더라.

---

1) 고려·조선 시대에 임금이 왕족이나 공신에게 토지나 노비를 하사할 때, 그 소유에 관한 문서를 주던 일. 또는, 그 문서.

작품 해설

 조선 시대 때의 소설로, 작자와 연대는 미상이다. 효행을 주제로 한 작품으로 정평이 난 《심청전》은 사람을 제물로 바치던 원시 제례에서 비롯되어 오랜 시일을 두고 첨가, 변형되어 숙종 이후에 판소리계 소설로 정착되었다. 이 소설은 죽음과 재생을 하나의 인과율로 묶어 희비가 엇갈리고, 행복이 불행을, 불행이 행복을 낳는 모순된 인과의 순환을 엮음으로써 한국적 의식에 바탕을 둔 생의 필연적 아이러니를 보여 주고 있다.
 그러면, 《심청왕후전》이라고도 부르는 이 작품 속으로 들어가 보자.

 황해도 황주군 도화동에 사는 심학규란 사람은 우연히 눈이 멀어 장님이 되었다. 그가 장님이 된 지 얼마 되지 않아 그의 아내인 곽씨는 어질고 착한 심청이란 딸을 두고 죽었다. 심봉사는 어린 심청을 업고 다니며 동냥젖을 먹이며 키웠다.

심청이 자란 후로는 부친을 대신하여 부친을 봉양했다. 심청의 효행이 인근에 알려져 무릉동에 사는 장 승상 부인이 양녀로 삼겠다고 했으나, 심청은 부친의 외로움을 생각하고 거절했다.
  하루는 몽운사 주지가 물에 빠진 심봉사를 구해 주며, '공양미 300석만 부처님께 바치면 눈을 뜰 수 있다'고 했다. 이에 심봉사는 눈을 뜰 수 있다는 기쁜 마음에 선뜻 그러마고 약속해 버렸다. 부친의 이와 같은 사정을 알게 된 심청은 부친의 눈을 뜨게 해주기 위해 여러 가지로 애를 썼다. 마침 남경으로 가는 상인들이 제물로 15세 된 소녀를 사러 다닌다는 말을 듣고 선뜻 허락했다. 공양미 300석을 몽운사로 보내고 심청은 몸부림치는 아버지와 작별한 뒤 상인들을 따라 배를 타고 떠났다.
  심청은 인당수가 있는 곳으로 가서 물에 몸을 던졌다. 그러나 상제의 도움으로 용궁으로부터 다시 연꽃 속에 들어가 물에 떠워졌다. 뒤이어 상인들이 신기한 연꽃을 발견해 국왕께 바쳤다.

국왕이 오므라든 연꽃을 헤치자, 그 속에서 아름다운 미인 심청이 나왔고, 국왕은 심청을 왕후로 삼았다.

왕후가 된 심청은 부친을 만나 보고자 장님 잔치를 열어 전국의 장님을 초대했다. 서울에서 장님 잔치가 열린다는 소문을 들은 심봉사는 뺑덕어미가 노자를 훔쳐서 도망가는 바람에 하는 수 없이 걸식하면서 올라갔다. 심청은 장님 잔치를 베풀어 놓고 혹시 부친이 왔는가 찾아다니다가, 말석에 앉아 있는 부친을 발견했다. 이어 심청이 '아버지!' 하고 부르짖는 소리에 심봉사는 깜짝 놀라는 순간 눈을 떴고, 부녀는 서로 끌어안은 채 감격의 눈물을 흘렸다.

일반적으로 고대 소설이 그 주인공을 귀족 계급에 설정하는 데 반해 이 작품은 하층 계급을 주인공으로 설정, 작품화했다는 데 특색이 있다. 그러나 사실 우리 고대의 소설은 대부분이 문학 예술로 다루기보다는 권선징악하는 인생 교훈에 무게를 두었다. 삼강오륜을 지향하고, 착한 사람에게는 복이 오고 악한 사람에게는 재앙이 온다는 것을 결과로 삼았다. 심청의 효도와 춘향의 정절, 흥부의 우애가 그 대표적이다.

 이 소설의 문체는 3·4조의 가사체로 되어 국악 창극의 대본이 되었다. 문장에 있어, 첫머리부터 심청이 인당수에 빠지는 대목까지는 문장이 매우 아름다워 예술적 가치가 높다. 하지만 용궁에 들어간 뒤로 황후가 되기까지는 구상이 저속하고 문장이 치졸하여 용두사미의 아쉬움이 없지 않다.

 재미있는 것은, 이 작품이 특히 여성들에게 가장 많이 애독되었다는 점이다. 이것은 천인(賤人)이 귀인(貴人)이 되고, 평민이 왕후가 되었다는 여성들의 가장 큰 이상 때문이라 할 수 있다. 즉, 모든 여성들의 동경과 야망을 심청이를 통해 실현시킨 것이다.

흥부전

　형제는 오륜(五倫)의 하나요, 한 몸을 쪼갠 터라. 이러므로 부귀와 화복(禍福)을 같이 하는 것이니 어떤 형제는 부제(不悌)할까?
　충청도와 전라도와 경상도의 삼도가 잇닿은 어름에 사는 연생원이란 양반이 아들 형제를 두었는데 형의 이름은 뒤틀린 놀부요, 동생의 이름은 일 흥(興) 자 흥부이니 돌림자는 지아비 부(夫)라. 틀림없는 한 어미 소생이로되 어질고 어리석음이 아주 다르니, 흥부는 마음씨 착하고 부모를 섬기기에 효행이 지극하며 또한 동기간의 우애가 극진하거늘, 놀부는 뱃속이 잘못된 고로 부모께는 불효막심이요, 동기간에 우애는 찾아볼 나위없으니 마음 쓰는 것이 매우 괴상하더라.
　모든 사람이 오장(五臟)과 육부(六腑)를 지녔거늘, 놀부는 당초부터 오장에 칠부렷다. 어찌하여 그런고 하면, 심술보 하나가 더하여 곁간 옆에 덧붙었은즉 그 심술보가 한번만 뒤집히면, 심사를 부리는데 야단스럽게도 피우더라.

　술 잘 먹고 욕 잘하고, 게으르고 싸움 잘하고, 초상난 데 춤추기, 불난 데 부채질하기, 해산한 집에 개 잡기, 장에 가면 억매(抑賣) 흥정, 우는 아이 똥 먹이기, 죄 없는 놈 뺨치기와 빚값으로 계집 빼앗기, 늙은 영감 덜미 잡기, 아이 밴 아낙네 배 차기며, 우물 곁에 똥 누어 놓기, 올벼논에 물 터놓기, 잦힌 밥에 흙 퍼붓기, 패는 곡식 이삭 빼기, 논두렁에 구멍 뚫기, 애호박에 말뚝 박기, 곱사등이 엎어 놓고 밟아 주기, 똥 누는 놈 주저앉히기, 앉은뱅이 턱살치기, 옹기장수 작대치기, 면례(緬禮)하는 데 뼈 감추기, 남의 양주(兩主) 잠자는 데 소리지르기, 수절(守節) 과부 겁탈하기, 통혼하는 데 간혼(間婚)들기, 만경창파(萬頃蒼波)에 배 밑 뚫기, 닫는 말의 앞발 치기, 목욕하는 데 흙 뿌리기, 담 붙은 놈 코침 주기, 면종(面腫)난 놈 쥐어박기, 눈 앓은 놈 고춧가루 넣기, 이 앓는 놈 뺨치기, 어린아이 꼬집기와 다 된 흥정 파의하기, 중을 보면 대테메기, 남의 제사에 닭 울리기, 큰 한길에 허방파기, 비 오는 날에 장독 열기라.

　이놈의 심사가 이렇듯 하니 모과나무같이 뒤틀리고 동풍 안개 속에 수숫잎같이 꼬인 놈이 무거불칙(無據不測)[1]하되 흥부는 그렇지 아니하여 충후인자(忠厚仁慈)한 마음으로 그의 형 하는 짓을 탄식하고 때로는 간하고자 하나 말해 보아야 쓸데없으므로, 함구무언(緘口無言)하고 주면 먹고 시키는 일이나 공손히 하되, 무도한 놀부놈은 추호도 회개함이 없으니 어찌 아니 분통하랴. 놀부의 악한 마음은 부모가 물려준 재산, 많은 돈과 남전

---

1) 언행이 상규를 벗어나 몹시 흉악함.

북답(南田北畓), 노비와 우마를 혼자 다 차지하고, 아우 흥부를 구박하나 흥부의 어진 마음에는 조금도 변함이 없더라.

이때 놀부는 세간과 논밭을 다 차지하고서 저 홀로 잘 입고, 잘 먹으며, 제 부모 제삿날이 돌아와도 제물은 아니 장만하고서 돈으로 대신 놓고 지내는데, 편값이면 편값이라, 과실값이면 과실값이라 하여 각각 써서 벌여 놓고 제사 흉내를 내다가는 상을 물린 다음에 하는 말이,

"이번 제사에도 아니 쓰노라 아니 쓰노라 하였건만, 황초값 닷푼은 온데간데없더라."
하는 따위니라.

천하에 몹쓸놈이 하루는 생각하되, 동생네 가솔을 내쫓으면 양식도 남거니와 용처(用處)도 덜할지라, 저의 부부가 의논하고서 흥부를 불러 이르는 말이,

"형제라 하는 것은 어려서는 같이 살되 처자를 갖춘 다음에는 각기 분가하여 사는 것이 떳떳한 법이니, 너는 처자를 데리고 나가 살아라."

흥부는 깜짝 놀라 울며 애걸하되,

"형제란 수족 같으니 우리 단 두 형제가 흩어져서 살면 돈목지의(敦睦之義)²⁾가 없을 것이니, 형님은 다시 생각하옵소서!"

그렇다고 놀부가 본디 집 한 칸 변통하여 주고서 나가라는 것이 아니라, 건성으로 내보내려 하다가, 흥부의 착한 말을 들으니 못된 심사가 불 일듯 하는지라 눈을 부릅뜨고 팔뚝질하며 꾸짖기를,

---

2) 정이 두텁고 화목함.

"이놈 흥부야! 잘살아도 네 팔자요 못살아도 네 팔자니 형을 어찌 허구한날 뜯어먹고, 매양 살려 하느냐? 잔말 말고 어서 빨리 나가거라!"

흥부의 어진 마음이 얼핏 생각하니 형의 말투 벌써 이렇거늘, 만일 소란을 피워 남이 알게 되면 형의 흉이 더 드러날지라. 잠자코 제 방으로 돌아와 아내와 더불어 나갈 일을 의논하니, 흥부의 아내 또한 현숙한 부인이라 낭군의 뜻을 받아 한 마디 원망도 없이 눈물을 흘리며 하는 말이,

"시아주버니께서 저러하시니 아니 나갈 길 전혀 없고, 나가자 하니 방 한 구석이 없으니 어린 자식들과 어디 가서 의지하리까?"

이렁저렁 밤을 새우고 동녘이 밝아 오니, 놀부놈이 방 앞에 와서 호통치기를,

"이놈 흥부야! 내가 어제 그토록 일렀거늘, 어찌하자고 아니 나가느냐? 네 당장에 아니 나가면 난장박살(亂杖撲殺)하여 내쫓으리라."

이렇듯이 구박하니 일시인들 어찌 견디리오? 흥부는 아무 대답도 아니하고, 아내와 어린것들을 이끌고 지향없이 대문을 나서니, 오라는 사람이 없고 보니 갈 곳이 망연하더라.

건넛산 언덕 밑에 가서 움을 파고 온 식솔이 모여 앉아 밤을 새우고, 곰곰이 생각하여도 갈 곳은 전혀 없으니 자리를 옮기지 말고 이곳에다 몇 칸짜리 초가집이라도 얼기설기 짓고서 사는 수밖에 다른 변통은 없기에 집을 지으려 하더라. 그러하나 만첩청산(萬疊靑山)에 들어가서 크나큰 아름드리 나무를 와르렁 퉁탕 지끈등 베어 내어, 안방·대청·중채·사랑채를 네모 번듯

이 입 구(口) 자로 짓되, 선자(扇子) 추녀[1]·굽도리·바리받침·내외분합(分閤)·문지방·살미 살창·가로닫이·분벽주란(粉壁朱欄)·고대광실(高臺廣室)을 짓는 것이 아니더라.

낫 한 자루를 잘 들게 갈아 지게에 꽂아 지고서 묵은 밭이라면 쫓아다니며 수숫대와 뺑대를 모조리 베어 짊어지고 돌아와서 비스듬한 언덕 위에 집터는 괭이로 깎아 다지고 집 한 채를 짓는 참이라. 안방·대청·행랑의 몸채를 말집으로 얼기설기 엮어서 한나절에 다 지어 놓고 땀 씻으며 돌아보니, 적다 하던 수숫대가 반 짐이 남았구나.

안방을 들여다보면 어찌나 너르던지 발을 뻗고 누워 보면 발목이 벽 밖으로 나가는지라, 차꼬를 찬 놈이나 다름없고, 방에서 멋모르고 일어서면 모가지는 지붕 밖으로 나가는지라, 회자수(劊子手)[2]에게 붙잡혀 칼쓴 놈이나 다름없고, 잠결에 기지개를 켤 양이면 발은 마당 밖으로 나가고, 두 주먹은 두 벽으로 나가고 궁둥이는 울타리 밖으로 나가는지라, 오가는 마을 사람들이 출입할 때 걸린다고,

"이 궁둥이 불러들여라!"

하는 소리에 흥부는 깜짝 놀라 일어나 앉으면서 대성통곡으로 하는 말이,

"애고 답답 설움이야. 이 노릇을 어찌할꼬? 어느 누군 팔자 좋아 대광보국(大匡輔國)[3]·숭록대부(崇祿大夫)[4]·삼공육경(三

---

1) 서까래를 부챗살 모양으로 댄 추녀.
2) 군문(軍門)에서 사형을 집행하던 천역(賤役).
3) 조선 시대 때 문무관·종친·의빈의 정1품의 품계.
4) 조선 시대 때의 삼정승과 육조판서.

公六卿) 되어 있어 고대광실 좋은 집에 부귀공명 누리면서 금의옥식(錦衣玉食) 쌓여 있고, 이 내 팔자 어이 이리 곤궁하여 말〔斗〕만한 오막살이에 이 한 몸을 못 담으니 지붕 마루로 별이 보이고 청천한운세우시(靑天寒雲細雨時)에 우대랑방중의(雨大郎房中矣)라. 문밖에서 가랑비 내리면 방 안에는 굵은 비요, 앞문은 살이 없고 뒷문은 외(椳)만 남아 동지섣달 눈바람이 살 쏘듯이 들어오고, 어린 자식 젖 달라고, 자란 자식 밥 달라니 차마 서러워 못 살겠다!"

형세는 이렇듯 가난하거늘 밤농사는 잘 하였는지, 어린 자식은 해마다 태어나서 층층이 나잇살만 먹으니 이 떼거지를 이루 어찌 갖추어 입히리요? 큰 놈 작은 놈 엉덩이도 못 가리고 한구석에서 우물거리니, 방문을 열고 보면 마치 미역 감는 냇가같이 아이 어른 할 것 없이 벗고들 있는지라. 흥부는 기가 막혀 옷장만을 생각하니 백척간두(百尺竿頭)에 매달린 신세라, 사흘에 한 끼니도 메울 수가 없거늘 의복을 감히 어찌 바라리요.

흥부가 기가 막혀 주야로 궁리하나 별 계책이 없더니, '옳다구려! 수가 있네.' 하고 모두 다 몰아다가 한 방 속에 넣고, 큰 멍석 하나를 얻어다가 구멍을 자식 수대로 뚫고 내려씌워 덮으니, 대강이만 콩나물 솟듯 내밀리겠다. 그래도 밑천은 가렸다고 좋아라 하던 차에 한 녀석이 똥을 누러 갈 양이면 여러 녀석들이 후배(後陪)로 뒤따르는데, 그런 중에도 온갖 맛난 음식은 제각기 찾고 있더라.

한 녀석이 내달으며,

"애고 어머니, 열구자탕에 국수 좀 말아 먹었으면?"

또 한 녀석이 나오면서,

"애고 어머니, 나는 벙거짓골에 고기를 지지고 달걀 좀 풀어 먹었으면?"

또 한 녀석이 나오면서,

"애고 어머니, 나는 개장국에 이밥 좀 말아 먹었으면?"

또 한 녀석이 나오면서,

"애고 어머니, 나는 대추 시루떡에 검정콩 좀 놓아 먹었으면?"

흥부 아내가 기가 막혀 하는 말이,

"에그 녀석들아, 호박죽 한 그릇 얻어먹지 못하면서 온갖 맛난 음식 골고루 먹자 하니, 어찌하면 좋단 말이냐?"

그중에 한 녀석이 와락 뛰어나오면서,

"애고 어머니, 나는 올 봄부터 불두덩이 간질간질 가려우니 장가 좀 들었으면?"

이렇듯 여러 자식들이 무시로 보채나 무엇을 먹여 살리자는 말인고? 집안을 다 뒤져도 먹을 것이라고는 싸라기 한 줌 없는지라, 개다리소반은 네 발이 춤을 추며 하늘께 축수하고, 이빠진 사발 대접들은 시렁에서 사흘 나흘 엎어져 있고, 밥을 지어 먹자 하면 책력(冊曆) 긴 줄 보아 갑자일(甲子日)이 되어야 솥에 쌀이 들어가고, 새앙쥐 이 집에서 쌀알갱이 얻으려고 열사흘을 쏘다니다가 다리에 가래톳이 나서 파종(破腫)[1]하고 앓는 소리에 마을 사람이 잠을 못 자니 어찌 아니 슬플쏘냐?

"아가 아가, 울지 마라. 아무리 젖을 달라 한들 무엇 먹고 젖이 나며, 밥을 아무리 달라 한들 어디서 쌀이 나랴?"

---

1) 종기를 터뜨림.

이처럼 달랠 적에, 홍부 마음은 어질디어질어서 청산에 유수 같고 곤륜산(崑崙山)¹⁾ 백옥 같으니, 성덕(聖德)을 본을 삼고 악한 일 멀리하며, 물욕(物慾)에 탐이 없고 주색(酒色)에도 무심터라. 홍부 마음이 이러하니 부귀를 바랄쏘냐? 홍부 아내 참다못해 이르는 말이,

  "여보 아이 아버지, 내 말 좀 들어 보시오. 부질없이 청렴한 체하지 마오. 안자(顔子)²⁾의 누항단표(陋巷簞瓢)³⁾ 주린 염치는 30에 일찍 죽고, 백이 숙제(伯夷叔齊)⁴⁾의 주린 염치는 수양산에서 굶어 죽으니 청루(靑樓)의 젊은 각시 웃었으매, 부질없는 청렴 말고 저 자식들 살려 보오. 저 건너 아주버님 댁에 가서 쌀이 되든 돈이 되든 양단간에 얻어 옵소."

  홍부가 하는 말이,

  "형님 댁에 갔다가 보리나 타고 오게?"

  홍부 아내 착한 마음에 보리라 하니까 먹는 보리로만 알고 하는 말이,

  "여보, 배부른 소리 작작 하오. 보리는 흉년 곡식이라 느루 먹기는 정말 쌀보다 낫습디다."

  홍부가 어이없어,

  "여보 마누라, 보리라니까 갈보리, 봄보리, 늦보리로 아나 보

---

1) 중국 전설 속에 나오는 산. 처음에는 하늘에 이르는 높은 산, 또는 아름다운 옥이 나는 산으로 알려졌으나 전국 시대 말기부터는 서왕모가 살며, 불사(不死)의 물이 흐르는 신선경(神仙境)이라 믿어졌음.
2) 공자의 수제자. 이름은 회, 자는 자연. 집이 가난하고 불우했으나 이를 괴로워하지 않고 무슨 일에 성내거나 과오를 저지르지 않았음.
3) 누항에서 사는 사람의 한 그릇의 밥과 한 바가지의 물이라는 뜻.
4) 중국 은나라의 처사. 무왕이 은을 치려는 것을 말리다가 듣지 않으므로 주나라의 곡식 먹기를 부끄럽게 여겨 수양산에 들어가 고사리를 캐어 먹으며 숨어 살다가 굶어 죽음.

오그려? 우리 형님이 음식 끝을 볼 양이면 사촌을 몰라보고, 가사목이나 물푸레 뭉치로 함부로 치는 성품이니, 그런 보리를 어떤 놈이 탄단 말인가?"

흥부 아내 하는 말이,

"애고, 그 말이 웬 말이오? 속담에 이르기를 '동냥은 아니 준들 쪽박까지 깨치리까?' 하니 맞나 아니 맞나 쏘아나 보다가 그만두시오."

흥부는 이 말을 듣고 마지못하여 형의 집으로 건너간다. 흥부가 치장을 차리고 가는 거동을 볼작시면, 앞살 터진 헌 망건에 물렛줄로 당줄을 달아 쓰고, 모자 빠진 헌 갓을 실로 총총 얽어매어 죽령 달아 쓰고, 갓만 남은 중치막5)에 동강동강 이은 헌 술띠를 흥복통에 눌러 띠고, 떨어진 고의 적삼, 청올치로 대님 매고, 헌 짚신 감발하고 세살 부채 손에 쥐고, 서홉[三合]들이 오망자루를 꽁무니에 비슷차고 바람맞은 병자처럼 비슬비슬 건너간다. 놀부집 들어가며 전후좌우 돌아보니 앞노적(露積) · 뒷노적 · 멍에노적 · 살노적이 담불담불 쌓였으니 흥부의 어진 마음은 즐겁기 측량 없건만, 놀부 심사 무거하여 흥부 오는 싹을 보면 구박이 극성하는지라. 흥부는 그 형을 보기도 전에 전번에 맞던 생각을 하니 겁이 절로 나서 일신을 떨며 공손히 마루 아래 서서 두 손길을 마주 잡고 절하며 문안하니라.

다른 사람 같으면 와락 뛰어내려와서 잡아 올리며, '형제간에 마루 아래 문안이 웬 말이냐?' 하며 위로가 대단하련마는, 놀부는 워낙 무도한 놈이라 흥부 온 일이 돈 아니면 곡식을 구

---

5) 소매가 넓고 길이가 길며 앞은 두 자락, 뒤는 한 자락으로 된 무가 없이 옆이 터진 네 폭으로 된 웃옷.

걸하러 온 줄을 알아채고, 못 본 체하다가 여러 번째야 비로소 묻는 말이,

"네가 누구인고?"

흥부는 기가 막혀 대답하되,

"내가 흥부올시다."

놀부가 소리질러 가로되,

"흥부가 어떤 놈인가?"

흥부가 울며 하는 말이,

"애고 형님, 그 말씀이 웬 말씀이오? 마오, 마오, 그리를 마오. 비나이다, 형님 앞에 비나이다. 세 끼를 굶어 누운 자식 살려 낼 길이 전혀 없어 염치코치 불구하고 형님 댁에 왔사오니, 동기간의 정을 생각하시어 벼가 되나 쌀이 되나 양단간에 주옵시면, 품을 판들 못 갚으며 일을 한들 공하리까? 아무쪼록 동기의 정을 생각하시어 죽는 목숨 살려 주옵소서."

이렇듯 애걸하나 놀부의 거동이 기막히다. 맹호같이 날뛰며 모진 눈을 부릅뜨고 핏대 올려 하는 말이,

"너도 염치 없는 놈이로다! 내 말을 들어 보아라. 천불생무록지인(天不生無祿之人)[1]이요, 지불생무명지초(地不生無名之草)[2]라. 문자를 풀어 보면 하늘은 녹(祿)이 없는 사람은 내지 않고 땅은 이름이 없는 풀을 내지 않는다. 너는 어찌하여 복이 없어 나만 이리 보채는가, 잔말은 듣기 싫다."

흥부 울며 다시 하는 말이,

"어린 자식들 데리고 굶다 못하여 형님 처분 바라자고 염치

---

[1] 어떤 사람이든 먹고 살 것은 타고난다는 말.
[2] 땅 위의 모든 것은 이름을 가지고 있다는 뜻.

무릅쓰고 왔사오니 양식이 못 되거든 돈 서 푼만 주시오면 하루라도 살겠나이다."

놀부가 더욱 화를 내어 하는 말이,

"이놈아 들어 보아라. 쌀이 많이 있다 한들 너 주자고 섬을 헐며, 벼가 많이 있다 한들 너 주자고 노적 헐며, 돈이 많이 있다 한들 너 주자고 궤돈을 헐며, 가루되나 주자 한들 너 주자고 큰 독에 가득한 걸 떠내며, 의복이나 주자한들 너 주자고 행랑것을 벗기며, 찬밥술이나 주자 한들 너 주자고 마루 아래 청삽사리를 굶기며, 지게미나 주자 한들 너 주자고 새끼 낳은 돝을 굶기며, 콩섬이나 주자 한들 큰 농우(農牛)가 네 필이니 너를 주자고 소 굶기랴? 정말 염치없고 속이 없는 놈이로구나."

흥부가 하는 말이,

"아무리 그러하실지라도 죽는 동생 살려 주오."

놀부는 화를 버럭 내어 벼락 같은 소리로 하인 마당쇠를 부르니,

"예……."

하고 오거늘 놀부가 분부하되,

"이놈아, 뒷 광문 열고 들어가면 저편에 보리 쌓은 담불이 있지?"

이때 흥부는 그 말을 듣고 내심에 '옳다! 우리 형님이 보리 말이나 주시려나 보다.' 하고 은근히 기뻐하더니, 놀부놈이 마당쇠를 시켜 보릿섬 뒤에 장만하여 두었던 도끼 자루 묶음을 내다놓고, 손에 맞는 대로 골라잡더니 그대로 달려들어 흥부의 뒤꼭지를 잔뜩 움켜쥐고 사정없이 치는데, 마치 손이 잰 중이 비질하듯 상좌(上佐)중이 법고(法鼓)[3] 치듯, 아주 탕탕 두드리니

---

3) 부처 앞에서 치는 쇠가죽으로 만든 작은 북.

흥부가 울며 불며 하는 말이,

"애고 형님, 이것이 웬일이오? 방약무인(傍若無人)[1] 도척(盜跖)[2]도 여기 대면 성현이요, 무거불측(無據不測) 관숙(管叔)이도 여기 대면 군자로다. 우리 형제 어찌하여 이렇듯 하오? 아니 주면 그만이지 때리기는 무슨 일인고? 애고 어머니, 나 죽소!"

놀부의 모진 마음 그래도 그치지 아니하고, 지끈지끈 함부로 치다가 제 기운에 못 이기어 몽둥이를 내던지고 숨을 헐떡이며,

"이놈 내 눈앞에 보이지 말라!"

하고 분한 듯 원통한 듯 사랑채로 들어서며 문을 벼락같이 쳐닫더라.

이때 흥부는 어찌나 맞았던지 온몸이 느른하여 돌아갈 마음이 그지없건만, 그 중에도 형수나 보고 가려고 엉금엉금 부엌으로 기어가니, 놀부 아내가 마침 밥을 푸는지라 흥부가 매맞은 것은 고사하고 여러 날 굶은 창자에 밥냄새를 맡으니 오장이 뒤집히어,

"애고 형수씨, 밥 한 술만 떠 주오. 이 동생 좀 살려 주오."

하며 부엌으로 뛰어드니, 이년 또한 몹쓸 계집이라 와락 돌아서며,

"남녀가 유별(有別)한데 어디를 들어오노?"

하며 밥을 푸던 주걱으로 흥부의 마른 뺨을 우지끈 때리니 흥부는 두 눈에 불이 화끈 일며 정신이 아찔하는데 얼떨결에 손을 슬쩍 뺨 위로 밀어 보니 밥이 볼따귀에 붙어 있는지라, 일변 입

---

1) 곁에 사람이 없는 것처럼 언어나 행동이 기탄 없음.
2) 중국 춘추 시대의 몹시 악한 사람. 현인인 유하혜의 아우로 그의 도당 9천 명과 떼지어 항상 전국을 휩쓸었다고 함. 몹시 악한 사람을 비유하는 말로 쓰임.

으로 쓸어 넣으며 하는 말이,

"아주머님은 뺨을 쳐도 먹여 가며 치시니 감사한 말을 어찌 다 하오리까? 수고스럽지마는 이 뺨마저 쳐 주시오. 밥 좀 많이 붙은 주걱으로 말이외다. 그 밥 갖다가 아이들 구경이나 시키겠소."

이 몹쓸 년이 밥주걱은 내려놓고, 부지깽이로 흥부를 흠씬 때려 놓으니 흥부는 아프단 말도 못 하고 할 수 없이 통곡하며 돌아오니 처지가 망망하더라.

이때 흥부 아내는 우는 아이 젖 물리고 큰 아이 달래는 거동 매우 불쌍하고 가엾더라. 한 손으로 물레질을 왱왱 하면서,

"아가 아가, 우지 마라. 엊저녁에 김 동지네 보리방아 찧어 주고 쌀 한 되 얻어다가 너희들만 끓여 주고 우리 양주는 여태까지 잔입이라. 너의 부친이 건넛마을 큰댁에 가셨으니 돈이 되나 쌀이 되나 양단간에 얻어 오면 밥도 짓고 국도 끓여 너도 먹고 나도 먹자. 우지 마라. 아가 아가, 우지 마라."

아무리 달래어도 악쓰듯 우는 자식을 무엇 먹여 그치게 하리오?

머리 위에 손을 얹고 두 눈이 뚫어질 듯이 기다릴 무렵 흥부 아내의 거동 보소. 깃만 남은 헌 저고리와 다 떨어진 누비 바지에 앞만 남은 몽당치마를 떨쳐 입고, 목만 남은 헌 버선에 뒤축 없는 짚신 끌고 문 밖에서 바장이며 어린아이 달랠 적에 흥부 오기를 칠년대한(七年大旱)에 큰비 기다리듯, 9년 홍수에 볕발을 기다리듯, 제갈공명(諸葛孔明)[3]이 칠성단(七星檀)에 동남풍

---

3) 중국 삼국 시대 촉한의 정치가. 유비를 도와 오나라와 연합하여 조조의 위나라 군대를 적벽에서 격파하고 파촉을 얻어 촉한국을 세우고 유비가 죽은 후 승상으로서 위나라를 기산에서 치고, 뒤에 오장원에서 사마의와 대전중 병사했음.

을 기다리듯, 강태공(姜太公)이 위수(渭水) 가에서 주문왕(周文王)을 기다리듯, 독수공방에 정든 낭군 기다리듯, 삼사 끼 굶은 자식들과 흥부 오기만 기다린다.
"어젯날은 쉬이 가더니 오늘날은 어찌 이리 더디 가나. '무정한 세월은 흐르는 물 같다'는 말도 오늘 보니 헛말이로다."
한창 이렇듯 기다릴 즈음, 흥부는 매에 취하여 비틀비틀 걸어오니, 흥부 아내는 마중 나가면서,
"아기 아버지, 다녀오시오? 동기간이 좋은 게로세. 큰댁에 가더니 술에 잔뜩 취해 오시는구료. 어서어서 들어갑시다. 쌀이거든 밥을 짓고, 돈이거든 저 건너 김 동지 집에 가서 한 때라도 느루 먹을 것을 팔아 옵시다."
흥부가 듣고 기가 막히어,
"자네 말은 풍년일세!"
본디부터 흥부는 동기간의 우애가 극진한지라, 그 형의 행패를 바로 말하지 못하고서 우애가 깊은 듯이 말을 꾸며 하는데,
"여보 마누라, 큰댁에를 갔더니 형님과 형수씨가 나오며 손을 잡고 '이제야 오느냐.' 하면서 안으로 들어가더니 주안상이 나오고 더운 점심 지어 주며 많이 먹어라 하시네. 점심상을 물리니 형님께서는 돈 닷 냥에 쌀 서 말을 주시고 형수씨는 돈 석 냥에 팥 두 말을 주시며 '어서 건너가서 밥 지어 어린것들 살리라.' 하시고 하인을 불러 '지워 가라.' 하시기에 하인은 그만두라 하고는 내가 몸소 짊어지고 큰댁에서 나서서 큰 고개를 넘어오다가 도둑놈을 만나 다 빼앗기고 빈손으로 돌아왔소."
하고 눈에서 눈물이 비 오듯 하니, 흥부 아내 생각에 시형(媤兄) 내외분의 마음을 짐작할 수 있는지라,

"그만두시오, 알겠소. 형님 속도 내가 알고 시아주버니 속도 내가 아오. 쌀 서 말이 무엇이오? 내게다 그런 말을 하시오?"
하며 자기 남편을 보니 유혈이 낭자하여 얼굴이 모두 붓고 온몸을 만져 보니 성한 곳이 없으니, 흥부 아내 기가 막혀 땅에 펄썩 주저앉으며,

"애고, 이것이 웬일인가? 가기 싫다 하는 가장(家長) 내 말이 어려워 가시더니 저 모양이 웬일이오? 팔자 그른 이 몹쓸 년 가장 하나 못 섬기고 이런 꼴을 당하게 하니 잠시인들 살아 무엇하리! 모질고 악한 양반 보게. 구산(丘山)같이 쌓인 곡식을 누구 주자고 아끼어서 저리도 몹시 친단 말인고?"

흥부의 착한 마음은 끝내 형의 말을 아니하고,

"여보 마누라, 슬퍼 마오. 가난 구제는 나라에서도 못 한다 하니 형님인들 어찌 하시겠소. 우리 양주가 품이나 팔아 살아가세."

흥부 아내는 이 말에 순종하여 서로 나가서 품을 팔기로 하더라. 용정(舂精)[1]하여 방아 찧기, 술집에 가서 술 거르기, 초상난 집 제복(祭服) 짓기, 대사 치르는 집 그릇 닦기, 굿하는 집 떡 만들기, 시궁밭에 오줌치기, 해빙(解氷) 때면 나물캐기, 봄보리 갈아 보리 놓기, 이렇듯 온갖 일에 품을 팔고, 흥부는 이월 동풍에 가래질하기, 삼사월에 부침질하기, 일등전답의 무논(水畓) 갈기, 이집 저집 이엉 엮기, 날 궂은 날 멍석 맺기, 시장 갓에 나무 베기, 곡시강수의 역인(驛人) 서기, 각읍(各邑) 주인 삯일 가기, 술밥 먹고 말짐 싣기, 닷푼 받고 마철(말 편자) 박기, 두

---

1) 곡식을 찧음.

푼 받고 똥 재치기, 한 푼 받고 비(箒) 매기, 식전이면 마당 쓸기, 이웃집의 물긷기, 전주 감영(全州監營) 돈짐 지기, 대구 감영(大邱監營) 태전 지기, 이렇듯 온갖 일을 다 하여도 살길이 막연한지라. 하루는 생각다 못하여 읍내로 들어가 환곡(還穀)[1]이나 한 섬 얻어 오리라 홀로 마음먹고서,

"여보 마누라, 읍내에 잠깐 다녀오리다."

하고 행장을 차리는데, 헝클어진 머리에다 헌 망건을 눌러 쓰고, 울근불근 살이 드러나 보이는 다 떨어진 고의와 적삼에 헌 행전(行纏)[2]을 무릎 밑에 높이 치고, 양(梁)만 남은 해진 갓에 죽령(竹鈴)을 달아 쓰고 노닥노닥 기운 중치막을 행세차로 떨쳐입고 한 뼘 길이 곰방대를 손에 쥐고서, 어쓱비쓱 갈지자로 걸어 읍내로 들어가 길청[3]을 찾아가니 이방(吏房)이 윗자리에 앉았기에 흥부가 마루 위로 간신히 올라서며 당장에 죽어도 반말지거리로,

"이방, 참 내가 찾아왔지. 요사이 청중(聽中)에 변고나 없으며 성주(城主)께서도 안녕하신지? 내가 30리를 걸어왔더니, 허리가 뻣뻣하여 그저 앉네."

하더니 곰방대에 담배를 담아 피우려 하는데, 이방이 하는 말이,

"연 생원, 어찌 들어왔소?"

흥부가 이르는 말이,

---

1) 삼정의 하나. 각 고을에서 사창에 간직하고 춘대 추납, 곧 백성에게 봄에 꾸어 주었다가 가을에 받아들이는 곡식.
2) 바지·공의를 입을 때 정강이에 꿰어 무릎 아래에 매는 물건.
3) 군아에서 아전이 집무하던 곳.

"환곡이나 좀 얻어먹자고 왔는데 처분이 어떠할는지?"

이방이 하는 말이,

"가난한 사람이 막중한 나랏곡식을 어찌하자고 달라 할까? 그런데 연 생원은 매를 맞아 보았소?"

흥부가 이 말을 듣고, 겁을 내며 하는 말이,

"매 맞는 일을 왜 한담? 그런 말일랑 말고 환곡이나 좀 얻어 주면, 배고파 죽겠다는 어린 자식들을 살리겠구먼."

이방이 다시 말하기를,

"환곡을 얻지 말고 대신 매를 맞으시오. 이 고을 김 부자를 어느 놈이 영문(營門)에 무소(誣訴)⁴⁾를 하여 잡아올리라는 공문이 왔으나, 김 부자는 공교롭게 병이 나고 친척도 병이 있어 대신을 보내고자 하여 나를 보고 의논을 하는데, 연 생원이 김 부자를 대신하여 영문에 가서 매를 맞으면 그 삯으로 돈 30냥을 줄 터이오. 그 돈 30냥은 예서 환(換)을 내줄 터이니 영문에 들어가 대신 매를 맞고 오는 것이 연 생원 마음에 어떠하시오."

흥부는 돈 많이 준다는 말이 반가운지라, 미처 매맞기에 어려운 생각은 못 하고,

"매는 몇 대나 되겠소?"

"한 30대 될 터이지."

흥부가 하는 말이,

"매 30대만 맞으면 돈 30냥을 다 나를 주나?"

"아무렴, 그렇고말고! 매 한 대에 한 냥씩이지."

이 말에 구미가 당긴 흥부가,

---

4) 일을 거짓 꾸며 관청에 고소함.

"여보, 이런 말 내지 마오. 우리 마을 꾀쇠아비가 알면 내 발등을 눌러 딛고 먼저 갈 터이니 소문내지 마시오."

이방은 돈 닷냥을 먼저 주고 영문으로 보내는 보고장을 흥부에게 주면서,

"어서 다녀오시오. 내 편지 한 장 갖다 영문 사령에게 주면 혹시 매를 쳐도 헐장(歇杖)[1]할 터이오. 또한 김 부자가 뒤로 장청(將廳)[2]에다 돈 백이나 보낼 터이니 염려 말고 어서 가오."

흥부는 어찌나 좋던지, 반말하던 사람이 별안간 존대가 한량없다.

"여보 이방님, 다녀오리다."

굽실거리며 하직 후, 우선 노자로 받은 닷냥을 허리에 둘러 차고 집으로 돌아오며 노내를 부르는데 돈타령이라. 멀찍이서부터 마누라를 찾아 부르며,

"여보 마누라, 날 좀 돌아보아라. 옛날에 이선(李仙)이는 금돈을 쓰고, 한(漢)나라의 관운장(關雲長)은 위(魏)나라에 갔을 적에 상치말에 천금을, 하치말에 백금을 말로 되어 주었거니와, 나 같은 소장부는 읍내에서 한번 꿈쩍하면 돈 30냥이 우수수 쏟아진다. 마누라야 어서 빨리 거적문 좀 열어라."

흥부 아내가 좋아라고 내달으니,

"돈말이 웬 말이오? 일수돈을 얻어 왔소? 월수파수(月收派收)변을 얻어 왔소? 오푼짜리 달변을 얻어 왔소? 어서 말 좀 해 보오?"

흥부가 이르는 말이,

---

1) 장형에서 때리는 시늉만 하는 매질.
2) 지방 군아와 감영에 딸린 장교의 직소(職所).

"아니로세, 우리 처지에 변전 일수는 왜 얻겠나?"
"그러면 길에서 얻어 왔소?"
흥부 하는 말이,
"돈은 횡재(橫材)나 다름없는 돈일세."
흥부 아내 하는 말이,
"그렇다면 길가에서 주워 왔을 터이니 잃은 사람 원통치 않겠소? 여보, 아이 아버지, 돈 주은 길가에 바삐 갖다 놓고 돈임자가 와서 찾거들랑 도로 주면 고맙다고 사례하며 한 냥을 주든지 두 냥을 주든지 할 것이 아니겠소? 그러면 떳떳한 일이니, 어서 가서 돈임자를 찾아 주오."
흥부가 이르는 말이,
"마누라 말을 들으니 본받을 말이로세. 그러나 내 말을 들어 보소. 이 돈은 길가에서 얻은 돈도 아니요, 누가 나를 거저 준 돈도 아니라. 읍내를 들어가니 이 고을 김 부자를 어떤 놈이 얽어서 영문에다 무고하였는데, 지금 김 부자는 앓아 누웠기로 누구든지 대신 가서 볼기 30대만 맞고 오면 돈 30냥에 노자로 닷 냥을 준다 하니 그 아니 횡재인가? 감영(監營)3)에 가서 눈 끔쩍하고 볼기 30대만 맞고 나면 30냥이 떨어지니 횡재가 아니고 무엇인가?"
흥부 아내는 이 말을 듣자 몹시 놀라 하는 말이,
"여보, 아이 아버지. 매품팔이가 웬 말이오? 남의 죄를 어찌 알고 대신이라니 웬말이오? 살인죄를 범하였는지 강도죄를 범하였는지, 사기죄를 범하였는지, 남의 죄를 어찌 알고 그런 말

---

3) 감사가 직무를 맡아보던 관아.

을 하시오? 만일 영문에 올라갔다가 여러 날을 굶은 몸에 영문 곤장 맞게 되면 몇 대만 맞아 죽을 터이니, 어서 가서 그 일일랑 거절한다 하고 가지 마오. 내 곧 죽어 세상 모르면 가실까 나를 살려 두고서는 못 가리다. 가지 마오, 가지 마오, 제발 내 말 듣고 가지 마오. 만일 맞다가 매맞아 죽게 되면 뭇 초상이 날 터이니 부디 내 말 괄시 마오."

아내가 이렇듯 강권하니 흥부가 옳게 듣기는 하나, 돈 30냥이 눈앞에 어른거리며 볼기 몇 대만 맞고 나면 그 돈 30냥을 공돈같이 쓸 생각에 군침이 솟는지라, 흥부는 슬며시 마누라를 얼러 본다.

"여보 마누라, 볼기 내력을 들어 보오. 이놈의 신세 어느 세월에 장원급제하여 초헌(軺軒)[1] 위에 앉아 보며, 오영문의 대장 되어 좌마(坐馬)[2] 위에 앉아 보며, 팔도 감사되어 선화당(宣化堂)에 앉아 보며, 각읍 수령하여 동헌(東軒) 방에 앉아 보며, 이 고을 이방(吏房)되어 길청에 앉아 보며, 동네 좌상(座上)되어 동네 상좌에 앉아 볼까? 쓸데없는 이 볼기짝, 감영으로 올라가서 볼기 30대만 맞고 나면 돈 30냥이 생길 터이니, 열 냥은 고기 사서 매맞은 병 소복(蘇復)[3]하고, 열 냥은 쌀을 팔아 온 식구가 포식하고, 열 냥은 소를 사서 스물넉 달 어울이〔배내〕주었다가 그 소를 팔아 맏아들 장가들이고, 그놈이 아들 낳으면 우리에게 손자 되니 그 아니 경사겠소?"

---

1) 종2품 이상의 벼슬아치가 타는 수레. 썩 긴 줏대에 외바퀴가 밑으로 달리고 앉는 데는 의자 비슷이 되었으며, 위는 꾸미지 않았음.
2) 벼슬아치가 타는 관마.
3) 병 뒤에 원기를 회복하기 위해 음식을 특별히 잘 먹음.

홍부 아내는 그 말을 듣고 생각하니 사리는 그러하나 사람 갈 길이 아니기에 한사코 말리는지라. 홍부 역시 할 수 없기에 영문에 갈 마음은 속으로만 혼자 먹고, 겉으로는 얼렁뚱땅 하는 말이,

"그리하게, 아니 감세! 짚신이나 삼아 신게 저 건너 김 동지네 집에 가서 짚 한 단만 얻어 옴세."

홍부는 이렇듯 아내를 속이고서 영문으로 올라갈새 삯말이나 타고 가는 것이 아니라, 돈 30냥을 한몫으로 받아 쓸 작정하고 하루에 170리씩을 걸어 며칠 만에 영문에 다다르니, 홍부는 영문 구경이 생전 처음이라. 어디가 어디인지 알지도 못하고 삼문〔三大門〕4) 앞에서 어정버정 할 즈음에, 때마침 사령 하나가 군복을 갖춰 입고 오락가락하므로 홍부는 이윽히 바라보다가 허허 웃고 던지는 말이,

"그 사람 털갓 위에다 붉은 꼭지를 달고 다니네."

하며 삼문 안으로 들어가니, 무수한 군노사령(軍奴司令)들이 여기 있고 저기 서서 방울을 떨렁거리며 긴 대답하는 소리가 푸른 하늘에 잦아들더라. 홍부는 마음에 오슬오슬 오한이 일기에 걱정스레 하는 말이,

"아마도 내가 말만 듣던 저승에 왔나 보다. 아무리 생각한들 살아갈 수가 없기로, 마누라 옳은 것을 고집하고 왔더니만."

하며 한참 이렇듯 후회할 때 방울이 '쩔렁', 긴 대답이 '예이!' 하기에 홍부는 겁을 먹고 얼떨결에 갓 벗어 상투를 내밀며 군노 앞에 다가서서,

---

4) 대궐이나 관청 등의의 앞에 있는 문. 정문·동협문·서협문의 셋이 있음.

"여보시오, 사람 작작 놀리고 어서 잡아들이시오."
사령 하는 말이,
"댁은 누구이기로 어찌하여 여기 왔소?"
흥부가 대답하기를,
"나는 우리 고을 김 부자 대신으로 매맞으러 온 사람이올시다."
"그러면 댁이 복덕촌 사는 연 생원이요?"
"예, 그러하오이다."
그 가운데 도사령(都使令)이 아랫사령을 보고 지껄이는 말이,
"여보게, 저 양반이 김 부자의 대신으로 왔으니 아랫방에 들여앉히고 만일에 문초를 당하여 매를 치게 될지라도 아무쪼록 헐장(歇杖)일랑 잊지 마소! 우리 청(廳)에 편지와 100냥 돈이 왔다네."
도사령 말을 듣자 여러 사령들이 흥부를 위로할새 마침 청령 소리가 나며, 누구의 행차인지 삼문을 잡고 들어오더니, 이윽고 영이 내리기를,
"각도(各道) 각읍(各邑) 죄인 중에 살인죄를 범한 자 외에는 일체 놓아 주라 하옵신다."
하니 도사령이 나와서 하는 말이,
"연 생원, 일이 잘 되었소!"
흥부가 묻는 말이,
"여보, 매를 맞게 되었소?"
도사령이 하는 말이,
"살인죄를 범한 죄를 제외하고는 어떠한 죄인이건 모두 다 밖으로 내보내란 영이시니 연 생원은 어서 집으로 돌아가시

오."

　흥부는 낙심천만으로 하는 말이,

　"여보시오 도사령, 나는 매를 맞아야만 수가 생기오. 매 한 대에 한 냥씩으로 금 놓고 왔는데, 그저 가면 나로서는 큰 낭패요."

　도사령이 다시 타이르기를,

　"여보 연 생원, 이번에 김 부자 일로 여기에 왔는데 매 한 대 아니 맞았다고 만약에 돈을 아니 주거든 두말 말고 곧장 영문으로만 오면 우리가 무슨 수를 쓰든지 돈 백을 받아 줄 터이니, 염려 말고 어서 가시오."

　흥부는 할 수 없이 돌아갈새, 향청(鄕廳) 언저리를 지나치다가 환자(還子)[1]를 받는 데서 매질하는 것을 홀깃 보고 뇌까리기를,

　"거기는 매 풍년이 들었다마는……."

하고 신세를 자탄하여 마지않더니, 노자에서 남은 돈 한 냥으로 떡을 사서 짊어지고 힘없이 돌아가더라.

　이 무렵 흥부 아내는 가군(家君)이 감영 갔음을 알고 뒤뜰에다 단을 만들고 정화수(井華水) 길어다가 단 위에 올려 놓고 두 손 모아 빌기를,

　'비나이다, 비나이다. 을축생(乙丑生) 연씨 대주(大主) 남의 죄를 대신하여 매맞으러 감영으로 갔사오니, 하느님의 어진 신명(神明)으로 탈없이 다녀오기만을 천만축수 비나이다.'

　이렇듯 정성을 드린 다음 방 안으로 들어와서 어린 자식 젖

---

[1] 각 고을의 사창(社倉)에서 백성에게 꾸어 주었던 곡식을 가을에 다시 받아들이던 일.

물리고 혼자 앉아 우는 말이,

"가난이 원수로다. 하늘 같은 우리 가장(家長) 매품팔이가 웬 말인고? 우리 가장 약한 몸에 영문 곤장(棍杖) 맞았으면 돌아올 날 없을 터이니, 태장(笞杖)을 많이 맞고 장독(杖毒)[1]이 나서 누웠는가? 개개고찰(箇箇考察)[2] 매를 맞고 기운이 부쳐 죽었는가? 소식 몰라 가슴만 답답하니 장차 이를 어찌할꼬?"

이렇듯이 울음으로 신세타령하던 차에 흥부가 거적문을 열어젖히며 들어서니 흥부 아내는 반겨 맞으며 하는 말이,

"아이 아버지, 다녀오시오? 죄가 없어 놓여 오나? 태장 맞고 돌아오나? 형장 맞고 돌아오나? 상처는 어떠하오?"

흥부는 매도 못 맞고 그저 돌아오는지라, 화가 치밀어 마누라를 여지없이 꾸짖는데,

"나더러 상처를 물으니 너의 친정 할아비한테 물어 보아라! 매 한 대 맞지 못하고 건성으로 돌아오는 사람한테 이년아, 장처(杖處)는 무어고 상처는 다 무엇이냐?"

흥부 아내는 이 말을 듣더니,

"좋다, 좋다. 얼씨구 좋다! 지화자 좋을씨고! 매맞으러 갔던 낭군 매 안 맞고 돌아오니, 이런 경사가 또 있는가! 영문 가던 그날부터 뒤뜰에다 단을 모으고 하느님께 빌었더니, 신령하신 덕택으로 백방(白放)[3]으로 돌아오니 반가울 따름이요! 먹지 못해 주린 간장에 영문 매를 맞았던들 속절없이 죽을 것을 그저 돌아오니, 지화자 좋을씨고!"

---

1) 장형을 당한 상처의 독.
2) 태형을 행할 때, 형리를 계칙하여 낱낱이 살피어 몹시 치게 함.
3) 무죄로 판명되어 놓아 줌.

흥부는 마누라의 좋아하는 거동을 보고 기가 막히어 어이없이 바라보다가 이윽고 막막한 신세며 어린 자식들을 살릴 생각을 하니 슬픈 감회가 치밀어 놀랍게도 눈물이 비 오듯 하며 무심중에 통곡이 터져 나와, 두 손으로 가슴을 쾅쾅 두드리더라.

흥부 아내가 그 모양을 보더니, 삽시에 기뻐하던 마음은 사라지고 비장한 생각이 솟아오르기에, 남편 따라 울먹이며 하는 말이,

"우지 마오, 우지 마오. 안연(顏淵) 같은 성인도 안빈낙도(安貧樂道)하였고, 부암(傅岩)에 담을 쌓던 부열(傅說)[4]이도 어진 임금을 만나 부귀와 영화를 누리었고, 신야(辛野)에 밭 갈던 이윤(伊尹)[5]이도 성탕(成湯) 같은 어진 임금을 만나 귀히 되고, 한나라 장수 한신(韓信)[6]이도 초년에 곤궁하다가 한고조(漢高祖)를 만나 으뜸 공신이 되었으니 세상사를 어찌 측량하오리까? 천불능궁역색가(天不能窮力穡稼)라 하였으니, 우리도 마음만 옳게 먹고 부지런만 하면 좋은 시절 만날지 어찌 알리까?"

흥부가 그 말을 옳게 여기며 신세 한탄만 할 즈음에 마침 김 부자의 조카가 지나다가 흥부가 돌아왔다는 말을 듣고 찾아 들어와서 하는 말이,

"연 서방, 주린 사람이 영문에 가서 그 매를 맞고 어찌 돌아왔나?"

---

4) 중국 은나라 고종 때의 재상. 토목 공사의 일꾼이었는데, 당시의 재상으로 등용되어 중흥의 대업을 이루었음.
5) 중국 고대 전설상의 인물로 상나라의 이름난 재상. 탕왕을 보좌하여 하나라의 걸왕을 멸망시키고 선정을 했음.
6) 중국 한고조의 장신(將臣)으로 한나라 창업 삼걸(三傑) 중 하나. 고조의 통일 대업을 도와서 초나라 왕에 봉함을 받았으나, 후에 열후억멸책(列侯抑滅策)에 의해 피살되었음.

흥부는 돈을 받아 먹으려고 맞았노라 하려다가 마음이 본디 곧은 사람이라, 바른 대로 털어놓는 말이,

　"맞았으면 해롭지 아니할 것을, 그것도 복이라고 못 맞았다네."

　김씨가 그 말을 자세히 듣고 하는 말이,

　"자네가 마음씨만은 착한 사람일세. 나도 어디서 들었네만 무사히 오고서야 돈 달랄 수가 있는가? 내가 마침 지닌 돈이 7, 8냥 있으니 쌀 말이나 사다 먹게."

하고 가 버리므로, 흥부가 그 사람 가는 것을 바라보며 혼잣말로,

　"내가 매 한 개 아니 맞고 남의 돈을 공으로 먹으니 염치 없거니와, 열흘 굶어 군자(君子) 없다고 어찌할 수 있으랴?"

하고는 일변 쌀 팔고 반찬 사서 며칠은 살았으나 굶기는 역시 그 턱이라, 어찌하면 좋으리오? 짚신 장사나 해 보리라 하고 하는 말이,

　"여보 마누라, 저 건너 김 동지 집에 가서 짚 한 뭇만 얻어 오소. 전답(田畓) 없어 농사 못 하고, 밑천 없어 장사 못 하니 짚신 장사나 해 보겠네."

　마누라가 퉁기는 말이,

　"아쉬우면 가끔가끔 얻어 오고, 또 뭐라 말하겠소? 나는 가서 말할 염치 없소."

　흥부가 화를 내며,

　"그만두오. 내 가리다."

하고 그 길로 건너가서 김 동지를 찾으니, 김 동지가 나오면서,

　"자네 어찌 왔노?"

홍부가 대답하되,

"수다 식솔(食率)이 굶고 차마 못 살겠기로 짚신이나 삼아 팔자 하고, 짚 한 뭇 얻으러 왔나이다."

김 동지가 이 말을 듣고 하는 말이,

"자네 불쌍도 하이! 형은 부자로되, 자네가 그렇듯 가난하니 어찌 아니 측은할까?"

김 동지는 뒤뜰로 돌아가 올벼 짚동을 풀어 놓고, 한 뭇 두 뭇 짝을 맞추어 내어 주니, 홍부는 백배사례하고 짚단을 걸머지고 건너오더라.

부지런히 짚신 한 죽을 삼아 지고, 장에 가서 팔고 나니 겨우 돈 서 돈을 받았더라. 쌀 팔고 찬거리도 사 가지고 돌아와서 어린 자식들과 더불어 겨우 한 끼니는 때웠거니와, 짚인들 매양 얻을 염치 있겠는가?

홍부는 탄식하며 어린 자식을 어루만지며 통곡하니, 홍부 아내도 기가 막혀 또한 울며 하는 말이,

"가난하고 의지할 데 없는 이내 신세 금옥같이 애중한 자식들을 헐벗기고 굶주리게 하니 이 아니 가련한가? 세상에 주린 사람을 뉘라서 구원하며, 확철(涸轍)[1]에 마른 고기를 한 말 물로 어찌 살리리? 이 세상에 답답한 일이 가난밖에 또 있을꼬? 팔다리를 다 끊기니 척부인(戚夫人)의 설움이요, 장신궁(長信宮)에 꽃이 피니 반첩여(班捷妤)[2]의 설움이요, 소상강(瀟湘江)[3]

---

1) 수레바퀴 자국에 괸 물에 있는 붕어라는 뜻으로, 몹시 고단하고 옹색함을 비유하는 말.
2) 반녀(班女). 한나라의 여류 시인. 반황의 딸. 성제 때 뽑혀서 첩여가 되었으나 조비연 자매에게 미움을 받아 장신궁으로 물러가 태후에게 시중드는 동안 〈원가행〉을 지었음.
3) 중국 호남성 동정호의 남쪽에 있는 소수와 상강의 총칭.

대나무 얼룩지니 아황 여영(娥皇女英)¹⁾의 설움이요, 마외역 저문 날의 양귀비(楊貴妃)²⁾ 설움이요, 낙양(洛陽) 옥중에서 고생하던 숙낭자(淑娘子)의 설움인들 이 고생에 더 할쏘냐?"

땅을 치고 우는 거동이란 차마 보지 못하겠더라. 흥부도 울다가 마누라의 좋지 못한 광경을 보자 눈물을 거두고 위로하는 말이,

"부불삼세(富不三世)요, 빈불삼세(貧不三世)는 예로부터 일러오는 말이니, 그래 설마 3대까지 곤란할까? 마음만 올바르게 가지고서 불의(不義)의 재물을 아니 만들면, 자연 신명이 도와 굶어 죽지 아니하리니 울지 말고 서러워 마소."

이렇듯이 세월을 허송할새, 그달 저달 다 보내고 춘삼월 좋은 계절 맞이하니 흥부가 이왕에 배운 바 있어 약간의 식자(識字)는 있는지라, 수숫대로 지은 집에 입춘(立春)을 써서 붙였는데,

'겨울 동(冬) 자 가을 추(秋) 자는 천지간에 좋을 호(好) 자, 봄 춘(春) 자 올 래(來) 자는 녹음방초 날 비(飛) 자요, 우는 것은 짐승 수(獸) 자, 나는 것은 새 조(鳥) 자요, 연비어천(鳶飛於天) 소리개 연(鳶) 자요, 오색이 찬란하니 꿩 치(雉) 자, 야월삼경(夜月三更) 슬피 우는 두견 촉(蜀) 자, 쌍거쌍래(雙去雙來) 제비 연(燕) 자, 인간만물(人間萬物) 찾을 심(尋) 자, 이집 저집 들입(入) 자, 일월도 박식하고 음양도 상생(相生)하거늘 하물며 인물인들 소식이 없을쏘냐?'

---

1) 중국 고대의 임금 요의 딸. 순에게 시집가고, 순이 죽은 뒤에 상강에 빠져 죽어 상군(湘君)이 되었다고 함.
2) 중국 당나라 현종의 귀비. 이름은 옥환 또는 태진. 본래는 여도사(女道士)였으나 재색이 뛰어나 754년에 궁녀로 뽑힘. 현종의 총애를 받아 일족이 부귀영화를 누리다가 안록산의 난에 죽음.

3월 3일이 닥쳐오니 소상강의 떼기러기는 가노라 하직하고 강남(江南)서 나온 제비 왔노라 하고 나타날 제, 고대광실(高臺廣室) 다 버리고 비거비래(飛去飛來) 넘놀다가 흥부를 보고 반기면서 좋을 호(好) 자 지저귀니, 흥부가 제비를 보고 경계하는 말이,

 "고당화각(高堂畵閣)이 많건마는 수숫대로 지은 집에 와서 네 집을 지었다가 오뉴월 장마철에 집이 만일 무너지면 그 아니 낭패되랴? 아무리 짐승일망정 나의 말을 곧이듣고 좋은 집을 찾아가서, 실팍하게3) 집을 짓고 새끼를 치려무나."

 이같이 충고하여도 제비가 듣지 아니하고 흙을 물어다 집을 짓고, 첫배 새끼를 겨우 길러 내어 날기 공부에 힘을 쓸새 날아올랐다 날아내렸다 하면서 이를 사랑하는데, 하루는 큰 구렁이 한 놈이 별안간 달려들어 제비 새끼를 모조리 잡아먹으니 흥부가 보고 깜짝 놀라 하는 말이,

 "흉악한 저 짐승아, 고량(膏粱)4)도 많건마는 하필이면 죄 없는 제비 새끼를 모조리 잡아먹으니 악착하고 불쌍하다. 저 제비 대성황제(大成皇帝)나 계시고, 곡식은 먹지 않고 자라나서 인간에 해가 없고 옛 주인을 찾아오니 제 뜻이 유정한데, 제 새끼를 보전치 못하고 일시에 다 죽으니 어찌 아니 가련하리? 흉악한 저 짐승이 패공(沛公)의 용천검(龍泉劍)5)에 적혈이 비등할 제 백제의 영혼인가, 신장도 장할지고. 영주 광야(瀛州曠野) 너른 뜰에서 숙낭자의 해를 입던 풍사방의 대망(大蟒)인가? 머리도 흉악하다."

 일변 칼을 들어 그 짐승을 잡으려 할 즈음, 제비 새끼 한 마리

---

3) 사람이나 물건이 보기에 매우 튼튼하게.
4) 고량진미. 살찐 고기와 좋은 곡식으로 만든 맛있는 음식.
5) 옛날 중국에 있었다는 보검.

가 허공으로 뚝 떨어져서 피를 흘리며 발발 떠는지라, 흥부가 이를 보고 펄쩍 뛰어 달려들어 제비 새끼를 두 손으로 고이 잡고 애처롭게 여겨 이르는 말이,

"불쌍하다, 저 제비야. 은왕 성탕(殷王成湯) 은혜 입어 금수(禽獸)를 사랑하시어 저마다 길러 내시니 덕이 금수에 미쳤는데 뜻밖에 이 지경을 당하니 어찌 아니 불쌍하냐?"

부러진 다리를 칠산(柒山) 조기 껍질로 찬찬히 감고,

"여보 마누라, 당사실 한 바람만 주소. 제비 다리 동여매게."

흥부 아내가 시집올 때 가지고 온 당사실을 급히 찾아내어 주니, 흥부는 얼른 받아 제비 새끼의 상한 다리를 곱게 곱게 감아매어 찬 이슬에 얹어 주었더니 하루 지내고 이틀 지내고 이리하여 10여 일이 지나매 상한 다리가 제대로 소생되어 날아다니게 되니, 줄에 앉아 남남지성(喃喃之聲) 우는 소리 '지지위 지지요, 부지위 부지 시지야' 니라. 우는 소리 들어 보니,

"옛날에 여경일(黎景逸)이는 옥중에 갇혔을 때 까치가 기쁨을 알리고, 태사 위상(太師魏相)은 죄를 범하였을 때 참새가 울어 복직하니, 내 아무리 미물이나 은혜 어찌 못 갚으랴?"

두둥실 떠서 날아갈 때 소상강 기러기는 왔노라 하고, 강남 가는 제비는 가노라 하직한다. 강남 수천 리를 훨훨 날아가서 제비왕께 입시(入侍)하니, 제비왕이 물어 보기를,

"경(卿)은 어찌하여 다리를 절며 들어오느냐?"

제비가 여쭈되,

"신(臣)의 부모가 조선국(朝鮮國)에 나가 흥부의 집에 깃들였더니, 뜻밖에 큰 구렁이의 화를 입어 다리가 부러져 죽을 것을 주인 흥부의 구조를 받아 살아서 돌아왔사오니, 흥부의 가난을

면케 하여 주옵시면 그로써 소신은 그 은공의 만분의 일이라도 갚을까 하나이다."

제비왕이 이 말을 듣고 칭찬하며 이르기를,

"불인인지심(不忍仁之心), 즉 인자한 마음을 참지 못함이 성인의 참된 마음이니 흥부는 과연 어진 사람이라 공 있는 자에게 반드시 보은함은 군자의 도리이니, 그 은혜를 어찌 아니 갚으리오. 과인(寡人)이 박씨 하나를 줄 터이니 경은 가지고 나아가 보은(報恩)토록 하라."

제비가 왕께 사은하고 물러나와 그럭저럭 그해를 넘기고 이듬해 춘삼월을 맞으니, 모든 제비가 타국으로 건너갈새 저 제비의 거동을 보렸다.

제비왕께 하직하고 허공 중천(中天)에 높이 떠서 박씨를 입에 물고 너울너울 자주자주 바삐 날아, 성도(成都)에 들어가 미감부인(麋甘夫人) 모시던 별궁터를 구경하고 장판교(長板橋)에 다다라서 장비(張飛)[1]가 호통하던 곳을 구경하고, 적벽강(赤壁江)[2]을 건너올 때 소동파(蘇東坡)[3]가 놀던 곳을 구경하고, 경화문(京華門)에 올라 앉아 연경(燕京) 풍물을 구경하고, 공중에 높이 떠서 만리장성(萬里長城)을 바삐 지나 산해관(山海關)[4]을 구경하고, 요동(遼東) 700리에 봉황성(鳳凰城)을 구경하고, 압록강 얼른 건너 의주 통군정(統軍亭)[5]을 구경하고, 백마산성(白馬

---

[1] 중국 삼국 시대 때 촉나라의 맹장. 자는 익덕. 관우와 함께 항상 유비에게 시종한 용장으로 파서 태수가 되었으며 221년에 오나라 토벌 전쟁중 살해되었음.
[2] 중국 호북성 황강현 성 밖에 있는 명승지. 송나라 때의 소동파가 〈적벽부〉를 지은 곳.
[3] 소식. 중국 북송의 문인. 아버지 순과 아우 철과 더불어 삼소(三蘇)라고 불림.
[4] 중국 하북성 동북 경계, 장성의 동단에 있는 도시. 천하제일관(天下第一關)이라 칭함.
[5] 평안도 의주군 압록강 변에 있는 정자.

山城)에 올라앉아 의주(義州) 성 안을 굽어보고, 그 길로 평양 감영에 당도하여 모란봉(牡丹峯)을 얼른 올라 보고, 대동강을 건너서 황주 병영(黃州兵營)을 구경하고, 그 길로 훨훨 날아 송악산(松岳山)[1] 빈터를 구경한 후 삼각산에 다다르니 명랑한 천봉만학(千峯萬壑)은 그림을 펴 놓은 듯하고, 종각 위에 올라 앉아 각전시정(各廛市井)이며 오가는 행인들과 각항물색(各巷物色)을 구경하고, 남산에 올라가서 잠두(蠶頭)를 구경하고, 달집 위에 올라 앉아 온 장안을 굽어보니 즐비한 천문만호(天門萬戶)가 보기에도 장관이더라. 그 길로 남문 밖으로 내달아 동작강(銅雀江)을 건너 바로 충청·경상·전라 3도 어름에 자리잡은 흥부네 집 마을을 찾아 너울너울 넘노는 거동은 마치 북해흑룡(北海黑龍)이 여의주(如意珠)를 물고 오색 구름 사이로 넘노는 듯, 단산(丹山)에 어린 봉이 죽실(竹實)을 물고 오동나무에서 노니는 듯, 황금 같은 꾀꼬리가 봄빛을 띠고 수양버들 사이를 오가는 듯, 이리 기웃 저리 기웃 넘노는 거동을, 흥부 아내가 먼저 보고 반기며 하는 말이,

"여보, 아이 아버지. 작년에 왔던 제비가 입에 무엇을 물고 와서 저토록 넘놀고 있으니, 어서 나와 구경하오."

흥부 즉시 나와 보고 이상히 여기는데, 그 제비가 머리 위로 날아들며 입에 물었던 것을 앞에다 떨어뜨리는지라, 흥부가 이를 집어 들고 하는 말이,

"여보 마누라, 작년에 다리가 상하여 동여매 주었던 제비가 무엇인가 물어다가 던지네 그려. 누런 것이 금인가 본데 무슨

---

[1] 경기도 개성시 북쪽에 있는 산. 산 아래에 옛 궁터인 만월대가 있음.

금이 이다지도 가벼울까?"

흥부 아내 하는 말이,

"그 가운데 누르스름한 것이 정말 금인가 보오?"

흥부가 하는 말이,

"금이 어디 있을꼬? 옛날 초한(楚漢) 천지 뒤집혔을 적에 육출기계(六出奇計)인 진평(陳平)이 범아부(范亞夫)를 잡으려고 황금 사만 근(斤)을 흩었으니 금이 어디 있으리요?"

"그러면 옥인가 보오."

흥부가 하는 말이,

"옥출곤강(玉出崑崗)이라 하니 곤산(崑山)에 불이 붙어 옥석이 다 탄 후에 간신히 남은 옥으로 장자방(張子房)이 옥퉁소를 만들어 계명산에 올라 달 밝은 가을 밤에 슬피 불어 강동(江東)의 팔천 자제(子弟)를 다 흩어 버렸으니, 이제 옥도 아니로세."

"그러면 야광주(夜光珠)2)인가 보오.

"야광주도 세상에는 없나니 제위왕(齊威王)이 위혜왕(魏惠王)의 12승(乘)을 깨쳤으니 야광주도 없느니."

"그러면 유리 호박(琥珀)인가?"

"유리 호박은 더욱 없지. 주세종(周世宗)이 탐장(貪藏)할새 당나라의 장갈(張褐)이 유리 호박으로 모두 술잔을 만들었으니, 유리 호박이 어디 있으리오?"

"그러면 쇤가 보오?"

"쇠도 이제는 없다오. 진시황의 위엄으로 구주(九州)의 쇠를 모아 금인(金印) 열둘을 만들었으니 쇠도 절종되었다오."

---

2) 중국 고대에 어두운 밤에도 빛을 낸다고 전해지던 귀중한 보석.

"그러면 대모(玳瑁)나 산호(珊瑚)인가 보오?"

"대모는 병풍이요, 산호는 난간이라. 광리왕(廣利王)이 수정궁 지을 적에 물 속의 보화를 다 들였으니 대모나 산호도 아니로세."

"그러면 씨앗인가 보오?"

홍부도 이상히 여겨 자세히 들여다보니 한가운데 글 석 자를 썼는데 '보은박(報恩瓢)'이라 하였으므로, 홍부가 말하기를,

"아마도 이것은 박씨로세. 수후(隋侯)의 뱀도 구슬을 물어다가 살려 준 은혜를 갚았다더니, 보은(報恩)하려 물고 온 것이럇다. 뉘라서 주는 것을 흙이라도 금으로 알고 돌이라도 옥으로 알고 해(害)라도 복으로 알지 않을쏜가?"

하더니 액이 있는 날을 피하여 동편 울타리 아래에 터를 닦고 심었더니 2, 3일만에 싹이 나고, 4, 5일에 순이 뻗어 마디마디 잎이 나고, 줄기마다 꽃이 피어 박 네 통이 열렸으니, 대동강 물에 당도리선〔大木船〕같이, 종각의 인경같이, 육관대사(六觀大師)의 법고(法鼓)같이 둥그렇게 달렸으니 홍부가 좋아라고 문자를 써서 하는 말이,

"6월에 화락(花落)하니 7월에 성실(成實)이라! 대자여항(大者如缸)하고 소자여분(小者如盆)하니 어찌 아니 기쁠쏘냐? 여보소, 애기 어머니. 비단이 한 끼라 하니, 한 통을 따서 속일랑은 지져 먹고, 바가지는 팔아다가 쌀을 팔아 밥을 지어 먹어 보세."

홍부 아내가 하는 말이,

"그 박이 하도 유명하니 하루라도 더 굳혀서 쾌히 견실하거든 따 봅시다."

이처럼 의논할새 팔월 추석을 당하였으나 굶기는 여전한지라, 어린 자식들은 입을 모아 조르기를,

"어머니 배고파 죽겠소! 밥 좀 주구료! 얼렁쇠네 집에서는 허연 것을 눈덩이처럼 뭉쳐 놓고 손바닥으로 비비어 가운데 구멍을 파고, 삶은 팥을 집어넣어 두 귀가 뾰족뾰족하게 만들어 소반 위에 놓습디다. 그것이 무엇이오?"

어미가 대답하기를,

"그것이 송편인데 추석날 만들어 먹는 것이란다."

또 한 녀석이 나서면서,

"대갈쇠네 집에서는 추석에 쓰려고 검정 송아지를 잡습디다."

홍부 아내가 웃으며 하는 말이,

"아마 돼지를 잡는가 보다."

한참이나 이리할 즈음 홍부는 배가 고파 누웠더니 마누라가 치마끈을 졸라매고 목수의 집에 가서 톱 하나를 얻어다 놓고, 굶어 기진하여 누워 있는 가장을 흔들어 깨우면서,

"일어나오, 일어나오. 배 고파 죽겠으니 영근 박이나 한 통 따서 박속이나 지져 먹읍시다."

마지못하여 일어난 홍부는 박을 따서 놓고는 먹줄을 반듯하게 긋고서 아내와 더불어 톱을 맞잡고 켜니라.

"슬근슬근 톱질이야, 당겨 주소 톱질이야. 가난하다고 서러워 마소. 팔자 글러 가난이요, 옹졸하여 가난이요, 산소 글러 가난이요, 밑천 없어 가난한 걸 뉘를 보고 탓하리오? 가난하다고 서러워 마소."

홍부 아내가 말하기를,

"산소 글러 가난하면 어찌 큰댁은 살고, 우리는 가난할꼬? 장손(長孫)만 잘 되라는 산소던가? 에여라 톱질이야, 슬근슬근 당겨 주소. 북창한월성미파(北窓寒月晟未罷)에 동자(童子) 박도 좋을씨고! 당하자손만세영(堂下子孫萬世榮)에 세간 박도 좋을씨고! 이 박 한 통 타거들랑 금은보배 나옵소서."

이렇듯 흥부 아내가 밀거니 당기거니 슬근슬근 툭 타 놓으니, 오색채운이 서리며 청의동자(靑衣童子) 한 쌍이 나오는지라, 흥부가 깜짝 놀라며 하는 말이,

"아이구머니? 팔자가 그르더니 이것이 웬일인고? 박 속에서 사람이 나오는 것 보아라. 우리도 얻어먹을 수가 없는데 식구는 잘도 보탠다!"

그 동자의 거동을 보니 봉래산(蓬萊山)에서 학을 부르던 동자 아니면, 필시 천태산(天台山)에서 약초 캐던 동자로다. 왼손에는 병을 들고, 오늘손에는 대모반(玳瑁盤)을 눈 위로 높이 들고 흥부 앞에 바치며 이르기를,

"은병에 넣은 것은 죽은 사람의 혼을 불러내는 환혼주(還魂酒)요, 옥병에 넣은 것은 앞 못 보는 소경 눈을 뜨게 하는 개안주(開眼酒)요, 금전지에 봉한 것은 말 못 하는 벙어리를 말하게 하는 능언초(能言草)와 곱사등이 반신불수 절로 낫는 소생초(蘇生草)와 귀머거리 소리 듣는 총이초(聰耳草)요, 이 보에 싸인 것은 녹용・인삼・웅담・주사 등등 여러 가지입니다. 이 값을 따지면 억만 냥이 넘사오니, 팔아서 쓰옵소서."

흥부는 마음이 너무도 황활하여, 그 유래를 물으려 한즉 동자는 벌써 간 데가 없더라. 흥부는 좋아라고 춤을 추면서,

"얼씨구 좋을씨고 좋다. 지화자 좋을씨고! 세상 사람 들어 보

소. 박 속이나 지져 먹으려다 금시 발복(發福)되었구나! 인간천지 우주간에 부자, 장자(長者) 들이 저 아무리 재물이 많다 한들 이런 보배는 없을지니, 나 같은 부자 어디 또 있으리!"

흥부 아내도 좋아라고 하는 말이,

"우리 집에 약국을 차렸으면 좋겠네!"

흥부가 이르기를,

"약국을 차린다면, 알 사람 누가 있어 약을 사러 온단 말인가! 내 생각에 빠른 효험이 밥만 못한걸."

흥부 아내가 이르는 말이,

"그도 그러하니, 저 박에나 밥이 들었는지 아이 아버지 또 켜봅시다."

하고 박 한 통을 또 따 놓고 켜 보니라.

"슬근슬근 톱질이야, 당겨 주소 톱질이야. 우리 집이 가난한 것은 삼남(三南)에 유명하더니, 부자라는 이름과 많은 재물을 일조에 얻었으니 어찌 아니 좋을쏘냐?"

흥부 아내 이르는 말이,

"아까 나온 약이 얼마나 되는지 구구 좀 놓아 볼까?"

"자네가 구구를 놓을 줄 아는가?"

흥부 아내 대답이,

"주먹구구라도 맞았으면 좋지!"

하며 소리를 한다.

"구구 팔십 일광으로는 적송자(赤松子)를 찾아가고, 팔구 칠십 이태백(李太白)은 채석강(采石江)에 완월(玩月)하고, 칠구 육십 삼청선자(三淸仙子) 학을 타고 놀고, 육구 오십 사호선(四皓善)은 상산(商山)에 바둑 두고, 오구 사십 오자서(伍子

胥)[1]는 동문 위에 눈을 걸고, 사구 삼십 육수부(陸秀夫)는 보국 충성(輔國忠誠) 갸륵하고, 삼구 이십 칠육구는 적국(勣國) 앞의 선비의 절개요, 이구 십 팔진도(八陣圖)는 제갈량의 진법이요, 일 구 구궁수(九宮數)는 하도 낙서(河圖洛書) 그 아닌가? 사만 오백 냥 어치나 되나 보오."

흥부가 웃으며,

"제법이로세!"

흥부는 헛구구로 대중없이 부르며 슬근슬근 톱질이다. 쓱싹 쿨칵 툭 타 놓으니 속에서 온갖 세간붙이가 다 나온다.

자개 함농, 반닫이며 용장, 봉장(鳳欌), 귀뒤주, 쇄금꽂이 삼층장, 게자다리 옷걸이며, 쌍룡 그린 빗접고비, 용두머리 장목비, 놋촛대, 백통유기, 샛별 같은 요강, 타구 가득히 벌여 놓고, 우단이불 비단요며, 원앙금침(鴛鴦衾枕) 잣베개를 반닫이에 쌓아 놓고 사랑방 치레 더욱 좋다.

용목 쾌상·벼룻집·화류문갑(樺榴文匣)·각게수리·용연(龍硯) 벼루·거불 연적·대모(玳瑁) 책상·호박(琥珀) 필통 황홀하게 벌여 놓고, 서책으로는 천자문(千字文)·유합(類合)·동몽선습(童蒙先習)·사략(史略)·통감(通鑑)·논어(論語)·맹자(孟子)·시전(詩傳)·서전(書傳)·대학(大學)·중용(中庸) 길길이 쌓아 놓고, 그 곁에 순대모 안경·화류 채경·진묵(眞墨)·당묵(唐墨)·순황모 무심필(無心筆)을 산호 필통에 꽂아 놓고, 각색 지물(紙物)이 또 나온다. 낙곡지·별백지·도침지(搗砧紙)·간지(簡紙)·주지〔두루마리〕·피딱지·갓모·유삼 유지(油紙)·

---

1) 중국 춘추 시대 초나라 사람. 이름은 원. 아버지인 사와 형인 상이 초나라 평왕에게 피살되었기 때문에 오나라에 가서 초나라를 쳐서 원수를 갚았다 함.

식지(食紙) 다 나오며, 또 피륙이 나온다. 길주 명천(吉州明川) 가는 베·회령 종성(會寧鐘城) 고운 베·당포·춘포·육진포·바리포·사승포·중산포·가는 무명·굵은 무명·강진 해남(康津海南)의 곡세목·고양 꽃밭들, 이 생원의 맏딸아기 보름만에 맞춰 내던 세목 관디차로 봉해져 있고, 의성목·안성목·송도(松都) 야다리목이며, 가는 모시·굵은 모시·임천(臨川) 한산(韓山)의 극세저(極細苧)며 각색 비단 또 나온다. 일광단, 월광단, 서왕모 요지연(瑤池宴)에 진상하던 천도(天桃) 무늬 황홀하고, 적설(積雪)이 공간에 그득한데 절개 있는 송조단과 태산(泰山)에 올라 천하를 내려보던 공부자(孔夫子)의 대단(大緞)이요, 남양(南陽) 초당의 경치가 좋은데 만고의 지사 와룡단(臥龍緞)이 꾸역꾸역 나오고, 쓰기 좋은 양태문, 잘 팔리는 수갑사(繡甲紗), 인정 있는 은조사, 부귀다남(富貴多男) 복수단, 삼순구식(三旬九食)[2] 검은 비단 궁초로다. 뚜두럭 꾸벅 말굽 장단·서부렁 섭적 새발 무늬·뭉게뭉게 운문단(雲紋緞)·만경창파 조개단·해주 자수·몽고 삼승·모본단(模本緞)·모초단·대접무늬 비단·영초·관사·길상사·생수삼팔주(生手三八紬)·왜사·갑징·생초·춘사 같은 것들이 더럭더럭 나올 적에 흥부 아내 좋아라고 이리 뛰고 저리 뛰며 하는 말이,

"빨강단 파랑단이 퍽도 많이 나오는구나. 우리 한풀이로 비단으로 다 해서 입어 봅시다."

비단머리·비단댕기·비단가락지·비단귀이개·비단저고리·적삼·치마·바지·속곳·고쟁이·버선까지 비단으로 만

---

[2] 서른 날에 아홉 끼니밖에 먹지 못한다는 뜻으로, 가세가 지극히 가난함을 일컫는 말.

들어 놓으니 흥부가 하는 말이,

"여보 마누라, 나는 무엇을 해 입을꼬?"

흥부 아내 대답하기를,

"아기 아버지는 비단갓·비단망건·당줄·관자까지 모두 비단으로 하고, 그것이 만일 부족하거든 비단으로 큼직하게 자루를 만들어 내려쓰시오."

흥부가 웃으며 하는 말이,

"숨막혀 죽으라고 그러나? 또 한 통을 타 봅세."

먹줄 쳐서 톱을 걸어 놓고,

"어이여라 톱질이야. 수인씨(燧人氏)[1]는 불을 내어 화식(火食)을 인간에게 가르쳤고, 복희씨(伏羲氏)[2]는 그물을 만들어 인간에게 사냥질과 고기잡이를 가르쳤고, 신농씨(神農氏)[3]는 백초(白草)를 맛보아서 약을 내고, 촉나라 조상 잠총(蠶叢)은 누에치기를 시작하여 만인간(萬人間)을 입혔고, 이적(夷狄)은 술을 내고, 여와씨(女媧氏)는 생황(笙簧)을 내고, 채륜(蔡倫)은 종이를 내고, 몽념(蒙念)은 붓을 만들고, 그나마 천종만물(千種萬物)이 유지자(有志者)의 창조함이니 우리는 박타는 재주를 창조하여 봅세. 슬근슬근 당기어라."

슬근슬근 쓱쓱 툭 타 놓으니 순금궤 하나 금거북 자물쇠를 채

---

1) 중국 고대 삼황제의 한 사람. 전설적 인물로 나무를 마찰하여 불을 얻어 음식물의 조리법을 전했다고 함.
2) 중국 고대의 제왕. 삼황오제(三皇五帝)의 수위를 차지하며 팔괘를 처음으로 만들고 그물을 발명해서 어렵의 방법을 가르쳤다고 전함.
3) 중국 전설상의 제왕. 삼황의 한 사람으로, 성은 강. 형상은 인신우수(人身牛首). 화덕(火德)으로써 염제(炎帝)라고도 하며, 농업·의료·악사의 신, 또 8괘를 겹쳐서 64괘를 만들어 역자(易者)의 신, 주조(鑄造)와 양조(釀造) 등의 신이 되고, 교역의 법을 가르쳐 상업의 신으로도 되어 있음.

웠으되, '흥부가 열어 보라' 하였으므로 흥부는 은근히 좋아라 하고 꿇어앉아 열어 보니, 황금·백금·오금(烏金)·십상(十成) 좋은 천은(天銀)이며, 밀화(蜜花)·호박·산호·금패·진주·주사(朱砂)·사향·용뇌향(龍腦香)·수은이 가득 차 있어 쏟아 놓으면 여전히 가득 차고 쏟고 나서 돌아보면 도로 하나 가득하니 흥부 내외가 좋아라고 밥먹을 새도 없이 밤낮 엿새를 부리나케 쏟고 보니 어느덧 큰 장자(長者)가 되었구나!

흥부는 너무도 좋은지라, 그 마누라한테 하는 말이,

"이렇게 많은 재물을 집이 협착하여 어디다가 두면 좋겠소? 우리 저 박 한 통 마저 타고 집이나 지어 봅시다."

하고는 한 통 남은 것을 마저 따다 놓고서 흥을 내어 톱을 켠다.

"여보 마누라, 정신 차리고 힘써 당겨 주소. 슬근슬근 톱질이야, 우리 일을 생각하니 엊그제가 꿈이로다. 남달리 고생하다가 일조에 부가옹(富家翁)이 되니 어찌 아니 즐거우리. 슬근슬근 톱질이야. 당겨 주소 톱질이야."

슬근슬근 툭 타 놓으니 박 속으로부터 일등 목수들과 온갖 곡식이 나올 적에 목수들은 우선 명당을 가려 터를 닦고 집을 짓는데, 안방·대청·행랑·곳간·선자추녀·말굽추녀·내외분합(分閤)·물림퇴와 살미살창·가로닫이 입 구(口) 자로 지어 놓고, 앞뒤 동산에 신기한 숲과 풀을 화려하게 심어 놓고, 양지에는 방아 걸고 음지에는 우물 파고, 문전에 버들 심고, 울 밖에 원두 심고, 안팎 광에 곡식이 쌓였으니 동쪽 광에는 정조(正租)가 만 석이요, 서쪽 광에는 백미가 5천 석, 앞뒤 광에는 두태(豆太)·잡곡이 각 5천 석이요, 참깨·들깨가 3천 석이요, 또한 노적한 것이 10여 더미요, 돈이 20만 9천 냥이요, 일용전(日用錢) 몇천 냥은 침방 속에 들어 있고 온갖 비단과 금은 보배는 다시 곳간에 쌓아 두고, 말 이 같은 뻣뻣한 사내종·열쇠같이 요긴한 계집종·앵무같이 말 잘 듣는 아이종, 나며 들며 심부름하고 우걱뿔이·자각뿔이 우걱지걱 실어들여 앞뒤뜰에 노적하고, 담불담불 치켜 쌓아 놓으니 흥부 아내는 좋아라고 춤을 추고 돌아다니더라.

흥부가 이르는 말이,

"여보 마누라, 춤일랑은 내일로 미루고 덤불 밑에 있는 박 한 통 마저 켜 봅세."

흥부 아내가 하는 말이,

"이 박일랑 켜지 마오."

흥부가 타이르되,

"내게 타고난 복을 어찌 아니 켠단 말이오. 잔말 말고 톱이나 당기소! 슬근슬근 톱질이야. 당겨 주소 톱질이야."

슬근슬근 툭 타 놓으니까 박 속에서 꽃같은 한 미인이 나오며 흥부한테 나붓이 큰절을 하기에 흥부는 대경하여 황급히 답례하고 하는 말이,

"뉘시기에 내게다 절을 하오?"

그 미인이 교태를 머금고 아리답게 대답하기를,

"저는 월궁의 선녀이옵니다."

"어찌하여 내 집에 와 계시오?"

선녀가 대답하기를,

"강남국(江南國) 제비왕이 날더러 그대 부실(副室)이 되라 하시기에 왔나이다."

홍부는 이 말을 듣고 매우 기뻐하나 홍부 아내는 발끈 하는 말이,

"에그 잘 되었다! 우리가 전고에 없는 가난고생을 다 겪다가 이제 발복이 되었나 보다 했더니 저 꼴을 누가 두고본단 말인고? 내가 처음부터 그 박은 켜지 말자 했더니만."

　홍부가 달래기를,

"여보 마누라, 염려 마소! 설마한들 조강지처(糟糠之妻)[1]를 괄시할까?"

하고서 고대광실(高臺廣室) 좋은 집에 처첩을 거느리고 향락으로 세월을 보내더라.

　이러한 소문이 놀부의 귀에 들어가니, 찢어 죽여도 죄가 남을 놈의 심술이 제 아우가 잘 되었다는 말을 듣고 생각하되,

'이놈이 도둑질을 하였나? 갑자기 부자가 되었다 하니 내가 가서 윽박지르면 반가산(半家産)은 뺏어 오리라.'

하고 벼락같이 건너가 홍부집 문전에 다다라 보니, 집치레도 보던 바 처음이요, 고대광실 높은 집에 네 귀마다 풍경 소리다. 이를 보고 심술이 뻗친 놀부는 뇌까리기를,

"네놈의 주제에 맹랑하고 외람하다! 고대광실 너른 집에 추녀 끝에 풍경 달고 이것들이 다 어디로 도둑질을 갔나 보다."

　큰소리를 벼락같이 지르되,

"이놈 홍부야!"

　이때 마침 홍부는 출타하고 홍부 아내가 홀로 있다가 종년을 불러 이르기를,

---

[1] 구차하고 천할 때에 고생을 같이 하던 아내.

"밖에 손님이 와 계신가 보니 나가 보아라."

앵무 같은 계집종이 대답하고 맵시가 똑똑 떨어지는 태도로 대문턱에 나가 서서,

"어디서 오신 손님이오니까?"

놀부놈이 평생에 그런 모양은 처음 본지라, 기가 차서 나온 말이,

"소인 문안드리오! 그러나 이 집 주인놈은 어디 갔나이까?"

계집종이 무안하여 쫓겨 들어와서 아뢰기를,

"어디서 기이한 광객(狂客)이 왔습니다. 우리댁 생원님더러는 이놈 저놈 놈자를 놓으면서 쉰네를 보고는 문안을 드리며 순전히 트집이옵니다."

흥부 아내 의아하기에 묻는 말이,

"그 양반 모양이 어떠하더냐?"

종년이 대답하되,

"머리는 부엉이 대가리 같고, 수리 눈에 왜가리 주둥이, 맹꽁이 모가지 같은 체격으로 욕심과 심술이 더덕더덕 하옵니다."

흥부 아내는 이 말을 듣고,

"요란스럽다. 지껄이지 마라."

하고 꾸짖으며 일변 옷끈을 고쳐 매고 급히 맞아들여 인사절을 끝내니, 놀부놈은 괴춤[1]에다 손을 넣고 뻣뻣이 서서 답례도 아니하고 보더니, 계수씨가 비단옷으로 호사한 것이 비위에 거슬려 한다는 소리가,

"영문(營門) 기생처럼 맵시 내고 거들먹거리네."

---

1) 고의의 허리를 배에 접어 여민 사이.

흥부 아내는 들은 체도 아니하며,
"그동안 아주버님 댁은 편안들 하시오니까?"
이놈의 대답이 트집이라도 잡듯이,
"편안치 않으면 어찌할 터이요?"
 흥부 아내는 애쓴 보람이 없기에, 일변 모란자리 비단 요를 내다 깔며,
"이리로 앉으시오."
 이놈이 옮겨 앉다가 일부러 미끄러지는 체하더니, 칼을 빼어 장판 방을 북북 그으면서,
"에잇, 미끄러워! 그대로 두었다가는 사람 상하겠군."
 부벽(付壁) 글씨를 알아보는 듯이,
"웬 부벽에 달은 저리도 많이 그려 붙였을까?"
 화단에 가꾼 화초를 보고는,
"저 꽃을 당장 피게 하려면 통나무 서너 단만 들여놓고 불을 지르면 단번에 환히 핍네다. 저 학두루미 다리가 너무 길어 못 쓰겠으니 한 마디만 분지르게 이리 잡아 오소!"
 기침을 칵 하며 가래침 한 덩이를 벽에 대고 뱉으니, 흥부 아내는 보다 못해 하는 말이,
"성천(成川) 놋타구, 광주(光州) 사기타구, 의주 당(唐) 타구, 동래 왜(倭) 타구 갖추어 놓았는데 왜 벽에다 뱉으십니까?"
 놀부가 대답하되,
"우리는 본디 눈에 보이는 대로 아무데나 뱉소."
 흥부 아내는 차집〔饌母〕[2]를 불러,

---

2) 부유한 집에서 음식 등의 잡일을 맡아보는 여자.

"점심 진지 차려 드려라."

놀부가 이르는 말이,

"아무 집이든지 계집이 너무 덤벙이면 집안이 망하는 법이다! 아무려나 좋으니 반찬과 밥을 정하고 맛있게 많이 차려 오렷다."

온 집안이 별성행차(別星行次)[1]나 들어온 듯, 쌀을 희게 쓸어 질지도 되지도 아니하게 지어 놓고, 벙거짓골 너비아니·염통산적 곁들이고, 난젓·굴젓·소라젓·아감젓을 갖추어 놓고, 수육·편육·어회·육회에다 초장·겨자 각각 놓고, 갖가지 채소에 장볶이·석박지·동치미며, 기름진 암소갈비를 잔칼질하여 석쇠에서 익는 대로 번차례로 바꾸어 놓고, 암치·약포(藥脯)·대하(大蝦)를 보풀려서 곁들이고, 숭어구이·전복채를 골고루 차려 놓고 은수저·은주전자·은잔대며 반주를 따뜻이 데워 각상에 받쳐 들고, 앵무 같은 어른종, 아이종이 눈썹 위로 공손히 들어 앞에 갖다 놓고는 전하는 말같이,

"마님께서 졸지에 진지를 차리느라고 찬수(饌需)가 변변치 못하다고 하십니다."

놀부는 생전에 이런 밥상을 처음으로 받아 보매, 먹을 마음보다는 밥상을 깨 두드려야 가슴속이 후련하겠으므로 수저를 잡아 들고 밥상을 탁 치며 하는 말이,

"이 그릇은 얼마 주고, 또 이 그릇은 얼마나 주었소? 사발이 너무 크고 대접은 헤벌어지고 종지는 너무 작고 접시는 바라져야 좋지!"

---

1) 봉명사신(奉命史臣)의 행차.

하며 함부로 두드리니, 흥부 아내가 보다 못하여,

"당화기(唐畵器)2)는 끈기가 없어 자칫해도 툭툭 터지니 너무 치지 마옵소서."

놀부놈이 화를 벌컥 내면서,

"이 밥 안 먹으면 그만 아니오?"

하며 냅다 발로 상을 치니, 상다리는 부러지고 종지는 뒹굴고 접시는 폭삭, 사발은 덜컥, 수저는 땡그랑, 국물은 주르르, 장판방 네 방구석에 이리저리 흐르니 흥부 아내가 이르는 말이,

"아주버님 들으시오. 불평한 심사 계시거든 사람을 치시지 밥상을 치십니까?"

부러진 상다리, 깨어진 그릇, 흐르는 국물, 마른 음식 다 주워 담고 걸레로 모두 다 씻어내며,

"밥이 어떻게 중한 것이기로 밥상을 치셨소? 밥이라 하는 것이 나라에 오르면 수라(水剌)요, 양반이 잡수면 진지요, 하인이 먹으면 입이요, 동배(同輩)가 먹으면 밥이니, 얼마나 중한가요? 동네가 알고 보면 손도(損徒)3)가 싸고, 관가에서 알면 볼기가 싸고, 감영(監營)에서 알면 귀양도 마땅하오!"

놀부는 코웃음치며 하는 수작이,

"손도를 맞아도 형 대신에 아우가 맞을 것이요, 볼기를 맞아도 형 대신에 아우가 맞을 것이요, 귀양을 가도 아우나 조카놈이 대신 갈 것이니 나는 아무 걱정 없소."

한참 이렇듯 소란할 즈음에, 흥부가 들어오더니 제 형에게 공손히 엎드리며,

---

2) 채화를 그려 넣어 구운 중국의 사기 그릇.
3) 오륜에 벗어난 행실이 있는 사람을 그 지방에서 쫓아냄.

"형님 행차하셨습니까?"
하며 한편으로는 눈물을 떨어뜨리니,
"네 뉘 통부(通訃) 받아 보았느냐? 네 이놈, 눈깔 보기 싫다!"
흥부는 하인을 불러 분부하되,
"큰 생원님 잡수실 것 다시 차려 오너라."
놀부가 떨어뜨리고 하는 말이,
"이놈, 네가 요사이 밤이슬을 맞는다더구나?"
흥부는 어이없다는 듯이 대답하기를,
"밤이슬이 무엇이오?"
놀부가 꾸짓어 말하되,
"밤이슬을 맞고 다니며 도둑질을 얼마나 하였느냐?"
흥부가 매우 놀라며 대답하기를,
"형님, 그 말씀이 웬 말씀이오?"
하고 앞뒷일을 자상히 아뢰니, 놀부가 이르는 말이,
"그러하다면 네 집 구경을 자세히 하자."
흥부가 형을 데리고 돌아다니며 집 구경을 시키니, 그 부유한 형세를 보고 심중에 샘이 불붙듯 하는데 월궁 선녀가 또 나와 인사를 하거늘 놀부놈 묻는 말이,
"이는 어떤 부인이냐?"
흥부가 대답하기를,
"이는 제 첩이올시다."
놀부놈 골을 내어 한다는 소리가,
"아따 이놈 첩이라니? 부랑배 같은 소릴랑 말고 내게로나 보내어라."

홍부가 대답하되,

"이 미인은 강남 제비왕께서 주신 바요, 이왕 내게 몸을 허락하였으니 형님께로 보내는 것은 망발이올시다."

놀부는 말머리를 돌려,

"그는 그러거니와 저기 휘황찬란한 것은 이름이 무엇이냐?"

홍부가 대답하되,

"그것은 화초장이올시다."

"그런 것은 네게 당치 아니하니 내게로 보내어라."

"에그, 이것은 미처 손도 대 보지 못했습니다."

그러자, 놀부는 아우를 꾸짖어 하는 말이,

"아따 이놈아, 네 것이 내 것이요, 내 것이 네 것 아니냐? 네 계집이 내 계집이요, 내 계집이 네 계집이니 무슨 관계가 있으랴마는 계집은 못 주겠다 하니 화초장이나 보내어라! 만일 그도 못 하겠다면 온 집안에다 불을 싸 놓으리라!"

홍부가 말하기를,

"그러면 하인시켜 보내오리다."

놀부는 화를 버럭 내면서,

"네놈한테 하인이 웬말이냐? 이리 내 놔라. 내가 질빵 걸어지고 가리라!"

홍부가 할 수 없어 질빵을 걸어 주니 놀부놈이 웃옷을 벗어 척척 접어서 장 위에다 얹고는 짊어지고 제 집으로 가다가, 화초장 이름을 잊어버렸기에 다시 홍부네 집으로 되돌아가서,

"이놈아, 장 이름이 무엇이랬지?"

홍부가 허겁지겁 뛰쳐나와,

"형님, 화초장이올시다."

놀부놈이 다시 짐을 짊어지고 가면서도 그 이름을 잊을까 염려되어, '화초장 장 장 장……' 하면서 걸어가다 개울에 이르러 건너갈 때 또 잊어버리고 생각하되,

'아차, 아차 무슨 장이라든가? 간장, 초장, 된장, 송장도 아니고?'

이렇듯 중얼거리며 제 집안으로 들어가니, 놀부 계집이 내달으며 묻는 말이,

"그것이 무엇이오?"

"이것 모르나?"

"과연 알지는 못하나 참 좋기도 하오그려!"

놀부가 거듭 다짐하되,

"진정 모르나?"

놀부 계집이 하는 말이,

"저 건너 양반 댁에 그런 것이 있는데, 화초장이라 합디다."

놀부가 그제야 생각이 나기에,

"옳지, 화초장이지."

놀부 계집의 욕심보는 제 서방보다 한 둘레는 더 큰지라, 좋은 것을 보면 탐을 내다 못해 기절하기가 일쑤요, 장에 갔다가 물건 놓인 것을 보든가 돈 세는 것을 볼라치면 죽어 엎드러져 업혀 와서 석 달 열흘이 되어야 일어나는 위인이다. 그뿐더러 어찌 샘이 많던지 남의 혼인 구경을 가면 신부의 새로 꾸민 금침(衾枕)을 덮고 땀을 내어야 앓지를 아니하는 년이라, 화초장을 보고서는 수선을 떨기 시작하는데,

"얼씨구 곱기도 하다! 우리 남편이 복인(福人)이지, 어디를 간들 그저 오리 만무하지. 수저 같은 것을 보면 행전(行纏) 귀

퉁이에 찔러 넣고 오거나, 부삽 같은 것은 괴춤에 꿰어 넣고 온다. 중발이면 갓모자에, 강아지는 소매에 집어 넣고 온다. 허행은 않거니와 오늘의 화초장은 가던 중 제일일세! 어디서 가져왔소?"

놀부가 대답하되,

"그것을 곧 알 양이면 이리 와서 내 말 듣소."

하더니,

"에그 분하여라! 흥부놈이 부자가 되었네."

놀부 계집이 바싹 다가앉으며 뇌까리기를,

"아니 어떻게 부자가 되었단 말이오? 도둑질이나 한 것이겠지."

놀부가 이르는 말이,

"작년에 제비 한 쌍이 흥부네 집에 와서 집을 짓고 새끼를 쳤는데, 구렁이가 다 잡아먹고 한 놈이 겨우 빠져 날아가다가 떨어져 다리가 부러진 것을 흥부가 동여매어 주었더니 올봄에 그 제비가 은혜 신세 갚노라고 박씨 하나를 물어다 준 것을 심었더니 박 네 통이 열리어 타 보니 보물이 가득하여 벼락부자가 되었다네. 우리도 다리 부러진 제비 만났으면 그 아니 좋겠나?"

하고 그해 동지섣달부터 제비를 기다리더라.

그물 막대 둘러메고 제비를 후리러 나가는데, 한 곳에 다다르니 날짐승이 한 마리 떠오는지라, 놀부놈 좋아라고 하는 말이,

"제비가 이제야 오는군."

하면서 그물을 펼쳐 들고 잡으려 하니 이는 제비가 아니요, 태백산 갈가마귀가 차돌도 못 얻어먹고 주려 푸른 하늘에 높이 떠서 까옥까옥 울고 가니 놀부가 눈을 멀겋게 뜨고 바라만 보다가

할 수 없이 돌아다니면서 제비를 몰아들이려 하나, 제비 오는 싹이 아주 없어 성화발광하므로, 그중의 어떤 놈이 놀부를 속이려고 그에게 이르는 말이,

"제비를 아무리 기다린들 제비가 있는 곳도 모르고서야 어찌한단 말이오? 제비 싹 일수 보는 사람이 있으니 데리고 다니면 쉬이 알거요."

하기에 놀부가 이 말을 듣고 매우 기뻐하며 제비 한 마리를 보는 데 20냥씩으로 정하니라. 그리하여 높은 산에 올라 제비 싹을 바라보더니, 그 사람이 놀부한테 하는 말인즉,

"제비 한 마리가 강남에서 먼저 나와 오래지 아니하여 자네 집으로 올 터이니 우선 한 마리 값만 먼저 내소."

놀부 매우 기꺼워 20냥을 준 다음에, 그 사람이 또 한동안 먼 산을 바라보다가 놀부더러 하는 말이,

"제비 한 마리가 또 날아오니 이도 자네 집으로 나오는 제비로세."

놀부놈이 제비 온다는 말만 들어도 마음이 흐뭇한지라, 달라는 대로 값을 치르고 그렁저렁 섣달·정월 다 넘기고 봄철이 돌아오니 놀부놈의 거동 보소! 제비를 후리러 나간다. 복희씨(伏羲氏)가 맺었다는 그물을 둘둘 감아 둘러메고 제비만 후리러 나간다.

"이어차, 제비야!"

흰구름이 떠돌면 흰구름 무릅쓰고 비구름이 몰려들면 비구름 박차고서 놀부놈은 제비만 후리러 나간다.

"제비야, 제비야! 너는 어디로 가려는고? 내 집으로만 들어오렷다!"

허다한 제비 중에도 팔자 사나운 제비 한 쌍이 놀부집에 이르러 임시로 거처하고 흙과 검불을 물어다 집을 짓더라.
 어미 제비가 알을 낳아 품을 무렵에는 놀부놈이 주야로 제비집 앞에 대령하여 가끔가끔 집어 내어 만지작거리니 알이 모두 곯아 근심걱정이 태산 같거늘 천행으로 한 개가 남아서 새끼를 까매 놀부는 기쁜 빛이 얼굴에 가득하여 때가 지나고 날이 가기를 손꼽아 헤아리것다. 그 새끼 한 마리가 차차 자라나 바야흐로 날기를 배울새, 주야로 기다리거늘 구렁이는 그림자마저 볼 수 없는지라, 놀부놈은 답답 울울함을 이기지 못하여 하루는 뱀을 구하러 나가니라.
 삯꾼 10여 명을 이끌고 두루 다니며 능구렁이, 살무사, 흑구렁이, 독구렁이, 무자치, 살뱀, 율무기 걸리는 대로 몰아 오려고 며칠을 싸다녀도 도마뱀 한 마리 못 보고 집으로 오는 길에, 해묵은 까치독사로 홍두깨만한 놈이 있기에 놀부가 이를 보고 하는 말이,
 "얼씨구 이 짐승아, 내 집으로 들어가서 제비집으로만 슬금슬쩍 스르르 지나가면 제비 새끼 떨어지고 나는 부자될 터이니, 너의 은혜와 신세 내가 갚을진대 병아리 한 뭇에 계란 한 줄 덧얹어 단번에 내어 줄 것이니 사양 말고 어서 바삐 들어가자!"
 이렇듯 막대로 툭탁툭 건드리니, 그 독사가 독이 나서 몸을 사리며 혀만 날름거리기에 똥이 타는 놀부놈이라 얼떨결에 막대 대신 발을 내미니, 뱀이 성을 내어 발가락을 꽉 물어 떼는지라 놀부가 입을 딱 벌리고 '에고!' 소리를 치면서 나자빠지더라.
 눈이 어둡고 정신이 아득하기에 빨리 집으로 돌아와 침을 맞

고 석웅황(石雄黃)을 바르니 본디 모진 놈이라 죽지 않고 살아
나서 제가 대망(大蟒)인 체하고 제비 새끼를 잡아 내려 두 발목
을 지끈둥 부러뜨리고 일변 일부러 깜짝 놀라며 하는 말이,
 "불쌍하다, 이 제비야! 어떤 몹쓸 대망이가 네 다리를 분질렀
노? 가련하고 불쌍하다."
 이렇듯 탄식하고 흥부와 같이 칠산 조기껍질로 부러진 발목
을 싸고, 청올치로 찬찬 동여 놓되, 이놈은 워낙 무지막지한 녀
석이라 제비 발목을 동이되, 곱게 동여매지 못하고 마치 오강
(五江)¹⁾의 사공 닻줄 감듯, 육모 얼레에 연줄 감듯, 각전시정(各
廛市井)이 통비단 감듯 칭칭 동여 제비집에 얹어 두더라.
 그 제비가 겨우 살아나서 구월 구일에 모든 제비가 돌아갈새,
다리 부러진 저 제비도 한 가지로 따라가는데, 공중에 높이 떠
서 가노라 하직할 때,
 "원수 같은 놀부놈아! 명년 춘삼월에 다시 나와 다리 분지른
네 은혜를 잊지 않고 갚겠으니 부디 잘 있거라. 지지위 지지."
 다리 부러진 제비가 울며불며 돌아가서 제비왕께 뵈오니, 제
비왕이 각처에서 몰려드는 제비를 점고(點考)할새 다리 저는 제
비를 불러 묻기를,
 "너는 어찌하였기로 다리를 저느냐?"
 그 제비 머리를 조아리며 아뢰되,
 "거년(去年)에 전하께서 웬 박씨를 조선국에 내보내사 흥부
라 일컫는 자가 부자가 된 연고로, 그의 형 놀부놈이 신(臣)을
생으로 때려잡고 여차여차하였기에 생병신이 되었사오니, 원컨

---

1) 서울 근처에 긴요한 나루가 있던 한강·용산·마포·현호·서강 등 다섯 군데의 강가
 마을.

대 전하께서는 이 원수를 갚아 주옵소서."

제비왕이 이 말을 듣고 매우 노하여 하는 말이,

"그놈이 불의의 재물을 많이 간직하여 전답과 전곡(錢穀)이 넉넉하거늘, 어진 동생을 구제치 아니하니 이는 오륜(五倫)에 벗어난 놈이려니와 또한 심사가 매우 불량하니 그냥 두지 못할 것이다. 너의 원한을 반드시 풀어 줄 터이니 이 박씨를 갖다 주도록 하라."

제비가 바라보니 한편에 금자로 '보수박(報讐瓢)'이라 썼었기로 제비는 그것을 받아 간직하고, 사은하고 물러나오니라.

이듬해 춘삼월을 기다려서 그 제비는 박씨를 입에 물고 강남(江南)을 떠나 푸른 하늘에 두둥실 높이 떠서 밤낮으로 날아와 마침내 놀부 집을 바라보고 너울너울 넘놀기에 놀부놈이 이를 보고 하는 말이,

"미덥도다 저 제비야, 어디 갔다 이제 오느냐? 소식이 없어 망연하더니, 모춘(暮春) 삼월 좋은 때에 나를 찾아 돌아오니 한량없이 반갑구나."

제비가 박씨를 물고 이리저리 넘나들므로 풀밭에 내려지면 잃을까 겁이 나서 놀부놈은 삿갓을 뒤집어 들고 따라다니니, 이윽고 제비가 박씨를 떨어뜨리는데 놀부놈이 좋아라고 두 손으로 집어 들고 자세히 보니 한치나 되는 박씨에 '보수박'이라 뚜렷이 썼으나 무식한 놈이 어찌 알리요? 다만 은혜 갚을 박씨라고 희희낙락하며 좋은 날을 가리어 잡아 동편 처마 밑에 거름을 놓고 심었더니, 4, 5일이 지난 후에 박나무가 나더라.

그날로 순이 돋고 다시 3일 만에 덩굴이 뻗는데, 줄기는 배 돛대만 하고 박잎은 고리짝만큼씩 사방으로 엉클어져 동네 집

을 다 덮으니 놀부 이집 저집 두루 돌며 일러 다짐하기를,

"상중하 남녀노소들은 내 말을 좀 들으시오. 내 박순 다치지 마시오. 집이 무너지면 새로 지어 줄 것이며, 기물이 깨어지면 십동갑으로 값을 쳐서 줄 것이며, 박 속에서 비단이 나오면 배 잣감, 휘양감을 줄 것이니 박넝쿨만 다치지 마시오."

이 박넝쿨이 유별나게 무성하여 마디마디 잎이요 줄기마다 꽃이 피어 박 10여 통이 열렸으되, 크기가 만경창파(萬頃蒼波)의 당도리선〔大木船〕같이 백운대(白雲臺) 돌바위같이 주렁주렁 달렸더라. 놀부가 매우 기뻐하며 제 계집과 의논하는 말이,

"흥부놈은 박 네 통을 가지고 부자가 되었으나, 우리는 박 10여 통이 저렇듯 열렸으니 그 박을 다 타 놓으면 천하에 유수한 장자(長者)되어 의돈은 곁채에 들이고 석숭(石崇)을 붙잡아다 부릴 것이니 만승천자(萬乘天子)를 부러워할까?"

이렇듯 좋아하며 그 박 굳기만 손꼽아 기다릴새, 하루가 이틀씩 포집어 가지 않음을 안타깝게 여기더니 이러구러 여름 석달 다 지나고 8, 9월이 되니, 박이 하나도 썩지 아니하고 모두가 쇠 뭉치처럼 굳었구나!

놀부놈의 거동을 보자니 어찌할 바를 몰라 하며 어서 박을 켜서 재물을 얻으려고 날뛰더라. 그중에 제일 먼저 열린 큰 박 하나를 우선 따다 놓고 저의 계집과 켜려 하니 그 박이 쇠같이 굳어 있어 저희끼리는 할 수 없는지라, 별 수 없이 삯군을 얻는데, 먼저 건넛마을 목수를 청하여 먹통과 자를 가져오라 일러 주고, 이웃 동네 병신이건 성한 사람이건 힘꼴이나 쓰는 자는 다 불러 놓고 밥 세 때에 술 다섯 차례, 개를 잡고 돼지를 잡아 푸짐하게 먹이더라.

전에는 밥 한 술 남 주는 법이 없고, 제사 음식도 차리는 법이 없는 위인이 망할 때가 되어 그랬던지 이놈의 오장육부(五臟六腑)가 뒤집혀 독술과 섬떡을 아낌없이 해 놓고 동네 사람 다 모아다가 배불리 먹이며 삯을 후하게 정하려 하니 그중에 언청이와 곱사등이 두 사람이 힘깨나 쓰는지라 동네 사람들이 차마 가라 하지 못하는 위인이거늘, 이날 때라도 만난 듯이 두 놈이 내달으며 하는 말이,

"매 통에 20냥씩은 선셈(先金)을 해주어야 우리 둘이 나누어 먹겠소."

곱사등이 그 말에 잇대어 씨부리되,

"아무렴, 그렇고말고! 그 돈 덜 받고야 그런 힘드는 일을 할 잡놈이 어디 있겠나? 여보게 놀부, 들어 보게. 이것이 자네 일이고 또한 동네 정분으로 삯을 이토록 헐하게 정하였으니, 그런 줄이나 알고 재물을 얻은 후에는 상금으로 생각하게나?"

놀부는 마음이 흐뭇한지라, 박 열 통에 선금으로 200냥을 선뜻 내어주니, 언청이와 곱사등이 두 놈이 반반씩 나누어 가진 다음 박 한 통을 들여놓고 켜기 시작하더라. 곱사등이가 톱을 메기는데,

"슬근슬근 톱질이야."

언청이가 소리를 받아 넘기되,

"훌근훌근 홉질이야."

곱사등이가 하는 말이,

"이놈 째보야, 홉질이라니 무슨 소리냐?"

째보가 이르기를,

"입술 없는 녀석이 무슨 소리인들 잘하겠느냐마는 이 다음은

잘 것이니 염려일랑 하지 마라."
　곱사등이 소리를 먹인다.
　"슬근슬근 톱질이야. 힘을 써서 당겨 주소."
　언청이가 째진 입술을 억지로 오므리며 소리를 받는다.
　"어이여라 꿍이야, 캉기어 주소."
　별안간 곱사등이가 언청이의 뺨을 딱 붙이며,
　"이놈, 누구더러 흐꿍흐꿍이라 하느냐?"
　언청이가 하는 말이,
　"너러더 욕을 하였으면 네 아들놈이다!"
　곱사등이 그제야,
　"그러면 뺨을 잘못 쳤구나! 오냐, 있다가 칠 뺨 있거든 시방 친 뺨으로 메우자. 어이여라 톱질이야, 슬근슬근 당겨 주소."
　째보가 뒤미처 받아 넘기되,
　"에이여라 홉질이야."
　곱사등이 이르는 말이,
　"이놈 째보야, 삯을 후히 받고 남의 술밥만 잔뜩 먹고 보물박을 타면서 그래도 홉질이란 말이냐? 이쪽 뺨마저 맞겠다."
　언청이가 화를 내어,
　"네가 내 뺨을 내걸어 붙였느냐? 여차하면 뺨을 치게. 언제는 외조할미 콩죽 먹고 살았으랴? 이놈, 꼬부라진 네 허리를 펴 놓으리라."
　곱사등이 겁을 먹고 눙치며 하는 말이,
　"어서 타자! 홉질 소리만 말아 다오. 어이여라 톱질이야."
　언청이는 말이 흩어지는지라 길게만 뽑아 가며 소리를 낼 것다.

"어여라, 흘근흘근 당기어라. 어이여라 톱질이야. 어여라 애고 고질이야."

한참이나 이러할새 슬근슬근 흘근흘근 툭 타 놓으니 박 속에서 갖은 청으로 글 읽은 소리가 나되 한 양반이 《맹자(孟子)》를 읽는다.

"맹자견양혜왕(孟子見梁惠王)하신데……."

또 한 편에서는 《통감(通鑑)》 첫째 권을 읽는다.

"무인(戊寅) 23년이라. 초명(初名)·진대부(陳大夫)·위사(魏斯)·조적(趙籍)·한건(韓虔)하야 위제후(爲諸侯)하다."

또 한편은 도령님이 앉아 《천자(千字)》를 읽는다.

"하늘 천·따 지·가물 현·누를 황……."

늙은 양반은 관을 쓰고, 젊은 양반은 갓을 쓰고, 새 서방은 초립 쓰고, 도령님은 도포 입고 꾸역꾸역 나오니 놀부 기가 막혀 하는 말이,

"어디로 백일장(白日場) 보러 가시오?"

한 생원님이 호령하되,

"이놈 놀부야, 네 아비 개불이와 네 어미 똥녀가 댁종으로 드난살이하다가 모야무지(募夜無知)[1] 오밤중에 도망한 지 수십 년이거늘 이제야 찾았구나. 네 어미와 아비 몸값이 3천 냥이니 당장에 바치렷다!"

일변 업쇠를 시켜 놀부놈을 결박하는데, 참바·짐바·빨랫줄로 아래위를 잔뜩 묶어서 낙락장송(落落長松)에 높이 달아매고, 참나무 절굿공이로 함부로 짓찧으며 분부하기를,

---

1) 이슥한 밤에 하는 일이라서 보고 듣는 사람, 알 사람이 없음.

"네가 몇 형제인가?"
놀부가 얼떨결에,
"홀몸이올시다."
"계집 동생은 없는가?"
놀부가 대답하되,
"누이 삼형제올시다."
"맏년은 몇 살인고?"
"지금 스물두 살이올시다."
"네 집에 그저 있는가?"
"용산 삼포(麻浦) 큰 배 부리는 부잣집 첩으로 주었습니다."
"둘째 년은?"
놀부가 여쭈오되,
"지금 열아홉 살이온데 다방골〔茶洞〕, 공물도장(貢物都場)의 첩이 되었습니다."
"셋째 년은 어디로 갔느냐?"
놀부가 여쭈어되,
"셋째는 올해 열여섯 살이온데 아직 출가하지 못하옵고 그저 있습니다."
그 양반이 매우 기꺼워하며,
"내가 그 동안 박통에 들어앉아 심심하였더니 그년 현신(現身)[1]시켜라. 인물이 쓸 만하면 내가 첩을 삼겠다!"
놀부놈이 얼떨결에 대답은 하고 나왔으되, 없는 누이 어디서 찾아다가 현신할쏘냐? 이런 걱정이 다시 어디 있으리요? 놀부

---

1) 지체가 낮은 사람이 처음으로 높은 사람을 뵘.

계집이 보다가 답답하여 뇌까리기를,

"아주버니네 잘 산단 말은 조금도 아니하고, 없는 누이를 있다 하여 당장에 현신시키라 하니 이런 벼락이 또 어디 있소?"

놀부가 뒤꼭지를 치며 겨우 한다는 소리가,

"흥부놈 망신시키고자 마음먹고 하는 말이 입 밖에 나오면 딴소리가 되고 딴사람이 되네그려. 기왕지사 할 수 없으니, 아이 어머니가 검은머리 땋아 늘이고 들어가서 잠깐 현신할 밖에."

놀부 계집 손을 휘휘 내저으며,

"첩을 삼겠다 하거늘 어찌 현신하라 하오? 없다구 아뢰구려."

놀부놈이 첩 삼는다는 말에 새삼 놀라며 허둥지둥 뛰어가서는 엎디어 아뢰기를,

"소인의 누이년이 너무 놀라 어디로 달아나고 없사오니 황송하오이다."

"달아나면 어디로 갔단 말인고? 어서 빨리 현신시켜라."

놀부놈 기가 막혀 곰곰이 생각하더니, 돈 3천 냥을 은근히 드리며,

"분부일랑 거두시고 용서하여 주옵소서."

그 생원이 못 이기는 체하고 놀부를 불러 이르는 말이,

"이 돈 3천 냥 용전으로 쓰려니와 떨어질 만하거든 내 다시 오리라."

하고 가니, 간 뒤에 놀부 계집이 탄식하여 이르기를,

"재 너머 아주버님네는 첫통에 보물이 있었다거늘, 우리는 무슨 일로 첫통에 상전이 먼저 나오니 이것이 웬일이오? 남은

박일랑 그만 타지 맙시다."
 놀부가 이르는 말이,
 "흥부네도 모르면 몰라도 첫통에 양반이 나왔겠지. 그 각다귀 같은 양반 떼가 게라고 아니 갔겠나?"
 숨어 있던 곱사등이 내달으며 하는 말이,
 "여보게 놀부, 보물이 호령을 그다지 하며 돈을 그토록 뺏어 가나?"
 언청이도 뒤따르며,
 "놀부 자네 비단이 나오면 삯전 가외로 주머니감 주마 하더니, 그 양반들 따라온 하인놈이 내가 찬 삼승포(三升布) 주머니를 떼어 갔네! 그놈에게 부대낀 생각을 할라치면 비단도 귀찮으니 나는 그만 타겠네."
 할말이 없는지라, 놀부가 언청이를 원망하며 타이르기를,
 "이는 네놈이 톱질을 잘못하고 소리도 괴이하게 한 연고로 보물이 변하여 사(邪)가 되어서, 내 심지를 떠볼 양으로 그런가 보니 차후는 아무 소리 말고 톱질이나 힘써 당기어라."
 째보는 이 말을 듣고 삯받기에 골몰하여 아무 대꾸 못 하고서, '그리 하마.' 하고 또다시 박 한 통을 따다 놓고 탈새,
 "슬근슬근 톱질이야. 당겨 주소 톱질이야."
 째보는 아무 소리도 못 하고 당기거니 밀거니 하며, 슬근슬근 툭 타 놓으니 박 속에서 우르르 하고 가야금 든 놈, 소고 든 놈, 징·꽹과리 든 놈 들이 한패가 몰려 나오면서 하는 말이,
 "우리가 놀부 인심 좋다는 말을 듣고 일부러 찾아왔으니 한바탕 놀고 가세! 행하(行下)는 자연 후히 줄 터이니……."
 둥덩둥덩 꽹그랑꽹그랑 사면으로 뛰놀면서, 함부로 욕설마저

퍼부으며, '쌀섬을 내놔라!', '술밥을 내놔라!', '돈백을 내놔라!' 하고 정신없이 떠들어 대니, 놀부는 그 거동을 보고 어이없어 일찍 쫓아 보내는 것이 상책이라 생각하고 돈 100냥에 쌀한 섬을 주어 보낸 후, 또 한 통을 갖다 놓고 켜는데,

"슬근슬근 톱질이야. 힘을 써서 당기어라."

슬근슬근 쓱싹쓱싹 툭 타 놓으니 박 속에서 한 노승이 나오는데 세대삿갓(細竹笠) 숙여 쓰고, 백팔염주(百八念珠) 목에 걸고, 먹장삼(長衫) 떨쳐 입고, 삼절죽장(三絶竹杖) 손에 들고 나오면서 '나무아미타불 관세음보살 남무대세지보살'을 쉴 새 없이 불러 염불하며, 그 뒤에 상좌중들이 바라·요령(鐃鈴)·경쇠·북을 들고 나와,

"이놈 놀부야, 우리 스승님이 네 집을 위하여 수륙 도량 칠칠이 49일을 정성들였으니, 재물로 말하면 몇만 냥이 든지 모르니 돈 5천 냥만 바쳐라."

놀부가 묻는 말이,

"나를 위하여 무슨 재(齋)를 올린단 말이오?"

노승이 다시 꾸짖어 이르되,

"이놈 놀부야, 들어 보아라. 네가 수다한 재물을 턱없이 바라니, 부처님께 재 한 번 안 올리고 공연히 재물을 얻을 것 같으냐?"

놀부가 다시 묻는 말이,

"그러면 다음에는 재물이 나온단 말이오?"

노승이 이르되,

"이 뒤에 나오는 사람은 자세히 알 듯하다."

놀부는 재물이 생기도록 불공을 올렸다는 말을 듣고는 아무

런 아까움이 없이 돈 5천 냥을 주어 보내니 째보가 핀잔을 놓되,
"이번도 내 탓이오?"
하며 비웃적거리니, 놀부가 분함을 이기지 못하는 중에도, 이 뒤에 재물이 나온다는 말에 솔깃하여 또 한 통을 따다 째보를 달래어 켜게 하니, 놀부 계집이 말리는 말이,
"켜지 마오, 제발 켜지 마오! 그 박을 켜다가는 패가망신(敗家亡身)[1]할 것이니 제발 덕분에 켜지 마오!"
놀부놈이 화를 내며 제 계집을 꾸짖기를,
"요사스러운 계집년이 무슨 일을 안답시고 방정맞게 날뛰는고?"
주먹으로 관자놀이를 쳐서 쫓은 후에 째보와 곱사등이를 달래어 박을 켠다.
"슬근슬근 톱질이야. 당겨 주소 톱질이야."
슬근슬근 쓱싹쓱싹 박을 툭 쪼개 놓고 보니, 속에서 요령 소리가 나면서 명정공포(銘旌功布)가 앞서며 상여 한 채가 나온다. 전나무 대체를 편죽 밧줄로 걸어 메고 상여 소리를 하는데,
"너호 너호 너! 호! 남문 열고 바라쳤네 계명산천(鷄鳴山川)이 밝아 온다. 너호 너호 너! 호! 앞 고다리 평돌삼아 일락서산(日落西山) 해 떨어진다. 젓가지는 웬일이냐. 뒤고잡이 김돌쇠야, 남의 다리 아파 온다. 기어가기는 웬일이냐. 너호 너호 너! 호!"
그 뒤로 상제 다섯이 나오는데 모두가 병신몸이라, 곱사등이

---

1) 가산을 탕진하고 몸을 망침.

상제에다 소경 상제, 언청이 상제요, 귀머거리 상제와 벙어리 상제 도합 다섯 사람이 나온다.
"불쌍하다, 불쌍하다. 소경 상제 불쌍하다."
소경 상제의 거동을 보니 상두 소리 구성져 슬피 울며 따라갈새, 상두꾼들이 장난을 치느라고 상두 소리 없이 가만가만 메고 가니 소경상제가 의심하여,
"요놈들! 앞 못 보는 사람을 속여? 눈 어두운 사람을 속이면 장차 큰 벌을 받느니라."
이때 마침 마주잡이 송장이 지나가며 '너호 너호' 소리를 하니, 소경 상제 말을 그치고 귀를 기울이더니,
"옳지! 우리 상두 여기 간다."
하고 자꾸 울며 따라가니 상두꾼들이 일러 주기를,
"저 상제 잘못 오오."
소경 상제는 제법 아니 속는다는 듯이,
"너호 너호 소리를 하고서 누구를 속이려고?"
하면서 따라가는데, 저편에서 상두 소리를 또 내며,
"소경 상제, 어서 오소. 너호 너호 동무들아, 너호 너호 놀부가 부자란다. 대접을 잘 못하거든 연초대로 먹여대자! 너호 너호."
하고 상두를 놀부네 집 마당에 내려놓고,
"이놈 놀부야, 대상(大喪) 진지는 100여 상이니 소 잡고 잘 차려라!"
맏상제가 나앉으며,
"우리가 강남(江南)에서 오기는 네 집터에 산소를 쓰자고 왔으니, 빨리 안채를 헐고 전답은 있는 대로 팔아 바치어라. 갖은

석물(石物)[1] 만들어 세우고 돌아가겠다."

이리할새 상두꾼들이 일변 놀부를 서슬 있게 부르더니,

"이놈 놀부야, 돈 1만 냥만 내주면 상두를 우리가 도로 메고 가마. 상두만 없고 보면 송장 없는 장사가 될 터이니, 산소고 석물이고 없을 것이 아니냐?"

놀부의 생각에도 그 말이 옳은 듯하기에 전답은 선자리에서 헐값으로 팔아 버리고 돈 3천 냥을 비대발괄[2]하여 내놓으니 상두꾼들이 상두를 메고 가는지라 놀부놈이 따라가며 물어 보기를,

"여보 다른 통에 보물 아니 들었소?"

상두꾼들이 일러 주되,

"어느 통에 들었는지는 모르나 생금(生金) 한 통이 들기는 들었습니다."

놀부놈이 옳다구나 하고 박 한 통을 다시 따다 놓고,

"슬근슬근 톱질이야. 당겨 주소 톱질이야."

슬근 쓱싹 툭 타 놓으니 박 속에서 팔도(八道) 무당들이 뭉게뭉게 나오는데, 징, 북을 두드리며 각색 소리 다한다.

"청유리라 황유리라, 화장(華藏) 청정세계(淸淨世界)는 대부진 각시로 놀으소서. 밤은 닷새 낮은 엿새 사십용왕(四十龍王) 팔만황제(八萬皇帝)가 놀으소서. 내 집 성주는 와가(瓦家) 성주, 네 집 성주는 초가 성주, 오막 성주, 집동 성주가 절절히 놀으소서. 초년 성주는 열일곱, 중년 성주는 스물일곱, 마지막 성주는 쉰일곱, 성주 삼위(三位)가 대활례로 놀으소서."

---

1) 무덤 앞에 만들어 놓은 석인(石人)·석수(石獸)·석등(石燈)·상석(床石) 같은 것.
2) 하소연을 하면서 간절히 청하여 빎.

또 한 무당이 소리한다.

"성황당(城隍堂) 뻐꾹새야 너는 어이 우짖느냐? 속 빈 공양나무에 새 잎 나라고 우짖노라. 새 잎이 우거지니 속잎이 날까 하노라. 넋이야 넋이로다, 녹양심산(綠楊深山)의 넋이로다. 영이별(永離別)이 전송하니 정수(定數) 없는 길이로다."

이렇게 별별 소리를 엮어 내는데 또 한 무당이 소리를 한다.

"바람아, 월궁의 달월이로다. 월광안신 마누라 설설 내리소서. 하루는 열두 시요, 한 달은 서른 날, 일년은 열두 달, 과년은 열석 달, 만사를 도와 주소서. 안광당 국수당(國師堂) 마누라, 개성부(開城府) 덕물산 최영(崔瑩) 장군 마누라, 왕십리(往十里) 아기씨당 마누라 설설 내리소서."

놀부는 모든 무당이 굿하는 광경을 바라보면서 식혜 먹은 고양이 모양으로 한옆으로 서 있으니, 무당들이 장구통을 들어 놀부놈의 흥복통을 벼락치듯 후려치니, 놀부놈 눈에서 번갯불이 나는지라, 분한 가운데에도 슬피 울며 비는 말이,

"이 어찌된 곡절이요? 매맞아 죽을지라도 죄명(罪名)이나 알고 죽었으면 한이 없겠으니 제발 덕분 살려 주오."

무당들이 입을 모아 이르기를,

"이놈 놀부야, 다름이 아니라 우리가 네 집을 위하여 굿을 많이 하였는고로 죽을 힘을 다 들였으니, 값을 바치되 한 푼도 남거나 모자라는 일이 없도록 꼭 5천 냥을 바치렷다! 만일 이를 거역하는 날에는 네 대가리를 빼 놓으리라!"

놀부놈이 기겁을 하여 돈 5천 냥을 내어주고 온갖 구차한 소리를 늘어놓아 겨우 보낸 다음에 열에 받쳐 하는 말이,

"성즉성(成則成)하고 패즉패(敗則敗) 하느니 남은 박을 또 타

보리라."

하고 한 통을 따다 놓고 째보한테 당부하는 말이,

"먼저 켠 박은 헛일이니 신수가 불길한 탓이라. 다시는 너를 시비할 개자식이 없으니, 염려 말고 어서 켜다오."

째보가 이 말 듣고 비웃으며 하는 소리가,

"만일 켜다가 중병이 나면 뉘게다 떼를 쓰려고 이런 시러베아들 소리를 하느냐? 우스운 자식 다 보겠다!"

놀부는 할 수 없이 눙쳐가며 타이르되, 째보는 떨뜨리며 뇌까리기를,

"복 없는 나를 권하지 말고 복 있는 놈 얻어 타라!"

놀부가 이르는 말이,

"아따 이 사람아, 내가 맹세를 철석같이 하였거늘 다시 자네를 탓할까 보냐? 만일 무슨 시비를 또 하거든 내 뺨을 개 뺨 치듯 하게."

하고 공돈 20냥을 삯전 외에 더 주니, 째보놈이 못 이기는 체하고 받아서 꽁무니에 넣고 박을 탈새,

"슬근슬근 톱질이야. 당기어라 톱질이야."

밀거니 당기거니 슬근슬근 타다가 우선 들여다보니 박 속에서 금빛이 비치기에 놀부놈이 가장 낌새나 아는 듯이,

"야 째보야, 저것이 보이느냐? 이 박은 짜장 황금이 든 박통이니 어서 타고 빨리 보자!"

슬근슬근 툭 타 놓으니 이것이 웬일인고, 박 속에서 수천 명 등짐 장수들이 빛깔 고은 누런 농을 지고 꾸역꾸역 나오므로, 놀부놈이 매우 놀라 묻는 말이,

"여보시오, 그 등에 진 것이 무엇이오?"

그 장수들이 대답하기를,

"이것이 경이오."

"경이라니 무슨 경이오?"

"면경(面鏡)·석경(石鏡)·만리경(萬里鏡)·요지경(瑤池鏡)이요, 담뿍 치는 다발경이라. 얼씨구 좋다, 경이로다! 지화자 좋을씨고, 요지연(瑤池宴)을 둘러보소! 이선(李仙)의 숙낭자[淑香]요, 당명황(唐明皇)의 양귀비(楊貴妃)요, 초패왕(楚覇王)의 우미인(虞美人)[1]이요, 여포(呂布)의 초선이요, 팔선녀(八仙女)를 둘러보소. 난양공주·진채봉·가춘운·계섬월·적경홍·심요연·백능파에 이런 미색 보았느냐?"

하며 온 집이 떠나갈 듯이 떠드니 놀부놈은 기가 막히나 다른 박이나 타 보려고 돈 3천 냥을 내놓고서 비는 말이,

"여보시오, 여러분네, 내 말을 들어 보오. 내가 박으로 인하여 패가망신을 하게 되었으니 이것이 비록 약소하나 노수(路需)에나 보태어 쓰실 양으로 일찍이 헤어져 가 주면 다른 박이나 타서 보려 하오."

여러 등짐 장수들이 쑤군쑤군 공론하더니, 놀부한테 이르는 말이,

"뒷 박통에는 금과 은이 많이 들었는가 싶으니 정성들여 켜 보시오."

하고 일시에 물러나 없어지니, 놀부는 또 한 통을 따다 놓고 탈새,

"슬근슬근 톱질이야. 당겨 주소 톱질이야."

---

1) 옛날 중국 초왕 항우의 총애를 받은 여자. 늘 항우를 따라다녔다는 절세의 미인.

슬근슬근 타 놓으니 박 속에서 수천 명 초라니탈이 나오면서 오도방정을 다 떨것다.

"바람아 바람아, 네 어디서 불어오느냐? 동남풍에 불어왔나? '대' 자 운(韻)을 달아 보자. 하걸(夏桀)의 경궁요대(瓊宮瑤臺), 달기(妲己)를 희롱하는 상주(常州)의 적록대, 멀고 먼 봉황대(鳳凰臺), 보기 좋은 고소대(姑蘇臺), 만세무궁 춘당대(春塘臺), 한무제(漢武帝)의 백량대(柏梁臺), 조조(曹操)의 동작대(銅雀臺), 철대, 만대, 살대, 젓대, 붓대 다 던지고 우리 한번 놀아 보자."

일시에 달려들어 놀부놈의 덜미를 잡아내어 가로 딴죽을 치니, 놀부 거꾸로 서서,

"애고 애고 초라니 형님, 이것이 웬일이오? 아무 일이든지 말씀만 하면 분부대로 하오리다."

하고 손이 발이 되도록 애걸하니 초라니가 호령하되,

"이놈 놀부야, 돈이 중하냐, 목숨이 중하냐?"

놀부가 울며 대답하되,

"사람 생기고 돈이 났으니 돈이 어찌 중하다 하오리까?"

초라니가 꾸짖어 가로되,

"이놈, 그러면 돈 5천 냥만 시각내로 바치렷다!"

놀부는 할 수 없는지라 돈 5천 냥을 내어주며,

"분부대로 돈을 바치오니 다음 박통 속의 일이나 자세히 일러 주소."

초라니가 하는 말이,

"우리는 각 통인고로 자세히는 알지 못하되, 어느 통인지 분명히 생금이 들었으니 다 타고 볼 것이니라."

하고 가 버리니, 놀부는 이 말을 듣고 생허욕이 치받쳐 동산으

로 치달아 박 한 통을 따 가지고 내려오니 째보가 가장 위로하는 체하고 하는 말이,

"이 사람아, 그만 켜게! 초라니 말을 어찌 믿을까? 또 만일 봉변을 당하면, 돈 쓰는 것은 예사거니와 자네 매맞는 것은 차마 볼 수 없네."

놀부가 대꾸하는 수작이,

"아무려면 어떤가? 아직은 돈냥이나 있으니, 또 당해 볼 양으로 마저 타고 끝을 보세."

째보가 다시 하는 말이,

"자네 생각이 그러하니 말리지는 못하거니와, 이번 타는 박은 좀 생각하여야 되겠네."

놀부놈이 홧김에 돈 10냥을 선셈으로 주고 또 한 통을 탈새,

"슬근슬근 톱질이야. 당겨 주소 톱질이야. 이 박을 타거들랑 잡동사니는 나오지 말고 금은보배나 나옵소서."

슬근슬근 툭 타 놓으니 박 속에서 수백 명 사당걸사(寺黨乞士)들이 뭉게뭉게 나오면서 작은 북을 두드리고 저희끼리 야단스레 놀아나며 소리를 하는데,

"오동추야(梧桐秋夜) 달 밝은 밤에 임 생각이 새로워라. 임도 응당 나를 생각하리라. 니나니난실이로다!"

또 어떤 사당은 방아타령을 한다.

"천천히 걸어서 박석재를 넘어가니 객사청청유색신(客舍靑靑柳色新)은 나귀 매던 버들이요, 위성조우읍경진(渭城朝雨浥輕塵)은 나 마시던 청파(靑坡)로다. 광한루(廣寒樓)야 잘 있더냐? 오작교야 무사하냐?"

또 한 놈이 달거리를 하는데,

"정월이라 십오야에 망월(望月)하는 소년들아, 망월도 하려니와 부모 봉양 늦어진다. 신체발부(身體髮膚)[1] 사대절(四大節)을 부모님께 타고나서 호천망극(昊天罔極)[2] 중한 은혜 어이하여 다 갚으리? 이월이라 한식일(寒食日)에 천추절(千秋節)이 적막하니, 개자추(介子推)[3]의 넋이로다. 면산에 봄이 드니 불탄 풀이 난다더니."

어떤 사당(寺黨)은 노래하고, 어떤 사당은 단가(短歌)하고, 어떤 사당은 권주가(勸酒歌)를 하며 온갖 가지로 뛰놀 적에 거사놈 거동이 가관이라. 누런 수건에 패랭이를 눌러 쓰고, 질빵은 벗어 놓고 엉덩이를 흔들면서 사당을 어르더니 번개 소고를 풍우같이 두드리고, 판염불과 긴영산으로 흔들거리며 한바탕을 놀아나더니 놀부를 보고 달려들며,

"옳지! 이놈, 이제야 만났구나!"
하더니 여러 놈이 놀부의 사지를 갈라잡고 행가래를 치니 놀부놈은 눈이 뒤집히고 오장이 나오는 듯하여,

"애고 이것이 웬일이오? 사람 살려 놓고 말을 하시오."
여러 사당과 거사들이 입을 모아 하는 말이,

"네놈이 목숨을 보전하려거든 전답문서 다 바쳐라. 만일 이를 거역할진대는 생급살(生急殺)이 내리리라."
놀부놈이 홧김에 반닫이를 덜컥 열고 문서 뭉치를 모조리 내어주니, 여러 사당과 거사들이 나누어 가지고 물러나가더라.

---

1) 몸과 머리털과 피부라는 뜻으로, 몸 전체.
2) 어버이의 은혜가 하늘과 같이 넓고 크며 하늘처럼 다함이 없다는 말.
3) 중국 춘추 시대의 은사(隱士)인 진나라 문공이 공자(公子)로서 망명할 때 함께 19년을 모셨는데 문공이 귀국 후에 봉록을 주지 않았으므로 면산에 숨자, 이에 문공이 잘못을 뉘우치고 그 산을 불질러 자추가 나오도록 했으나 자추는 나오지 않고 타 죽었다고 함.

째보가 이 광경을 보고 몸을 뺄 생각이 들었는지 놀부를 보고 하는 말이,

"나는 집에 급히 볼일이 있으니 잠깐 다녀옴세."

놀부가 안타까이 하는 말이,

"이 사람아, 다된 벌이를 애초에 버리지 말게. 아직도 박이 여러 통 남아 있고 어느 통이든 생금이 많이 들었다 아니하나? 차례로 타 보면 끝장에 좋은 일이 아니 있겠나? 이제는 통마다 삯을 선셈으로 더 주겠네!"

째보가 그제야 응낙하고 또 한 통을 탄다.

"슬근슬근 톱질이야. 당겨 주소 톱질이야."

슬근슬근 툭 타 놓으니, 박 속에서 수백 명의 왈패(曰牌)들이 밀거니 뛰거니 하면서 뛰쳐나온다. 누구누구 나오는가 하면 이 죽이·떠죽이·난죽이·바금이·딱정이·군평이·태평이·여숙이·무술이·하거니·보거니·난쟁이·몽둥이·아귀쇠·악착이·조각이·섭섭이·든든이 등 여러 자제들이 꾸역꾸역 휘몰아 나와서 차례로 앉더니 놀부를 잡아내어 빨랫줄로 찬찬 동여 나무에다 동그마니 달아매고, 매질 잘 하는 왈패 한 놈을 가려 뽑아 분부하되,

"저놈을 사정 두지 말고 매우 치렷다!"

왈패가 따지기를,

"그처럼 치다 만일에 죽든지 하면 어찌 할 것이며, 또한 살인 차첩은 누구더러 맡으라나?"

여러 왈패들이 공론하되,

"우리가 통문 없이 이렇듯 모이기가 쉽지 아니하니 이놈을 발기기는 나중으로 미루고, 실컷 놀려 먹다 헤어지면 그 아니

심심파적(破寂)이랴?"

 여러 놈들이 손뼉을 치며 그 말이 옳다 하고 놀부를 치려고 할 즈음 태평이가 윗자리에 앉았다가 말하되,

 "우리가 잘하나 못하나 단가 하나씩 부딪쳐 보되, 만일 개구치 못하는 친구가 있거든 떡벌로 시행하세."

 저희끼리 공론을 맺더니, 태평이가 먼저 단가 하나를 부르되,

 "새벽 서리 날 샌 후에 일어나라 아희들아, 뒷산에 고사리가 자랐으리니, 오늘은 일찍이 꺾어 오너라. 새 술 안주하여 보자."

 또 다른 왈패가 단가를 부르되,

 "공변된 천의(天意)를 힘으로 어찌 얻을쏜가? 함양(咸陽)[1]에 아방궁(阿房宮)[2] 불지름도 무도하거늘, 하물며 의제(義弟)를 빈강에서 죽인단말가?

 또 군평이 나오며 뜨더귀 시조로 떠들어댈새,

 "사랑인들 임마다 하며 이별인들 다 서러우랴? 임진강·대동강수(水)요, 황릉묘(黃陵廟)에 두견이 운다. 동자야, 술 걸러라. 취하고 놀게."

 또 떠죽이가 '풍' 자 운을 달아 소리를 하것다.

 "만국병전(萬國兵前) 초목풍(草木風), 채석강선(採石江船) 낙원풍(落遠風), 일지홍도(一枝紅挑) 낙만풍(落晚風), 제갈공명(諸葛孔明) 동남풍(東南風), 어린아이 만경풍(慢驚風), 늙은 영감 변두풍(邊頭風), 광풍(狂風), 대풍(大風) 허다한 '풍' 자를 다

---

1) 중국 섬서성 서안의 서북부 위수 북안에 있는 도시. 진(秦)나라의 효공이 이곳에 도읍을 정했고 진시황은 함양궁을 지었음.
2) 중국 진시황 35년 상림원에 지은 궁전.

어찌 달리."

또 바금이는 '사' 자 운을 달아 노래한다.

"한식동풍 어류사(寒食東風御柳斜), 원상한산 석경사(遠上寒山石徑斜), 도연명(陶淵明)[3]의 《귀거래사(歸去來辭)》[4], 이태백의 죽지사(竹枝詞), 굴삼려의 어부사(漁父辭), 양소유의 양류사(楊柳詞), 그리워 상사, 불사이자사(不思而自思), 만첩청산 등불사(燈佛寺), 말 잘하는 동지사(冬至使), 화문갑사(花紋甲紗)."

또 태평이는 '년' 자 운을 달아 노래한다.

"적막강산 금백년(寂寞江山金百年), 강남풍월 한다년(江南風月恨多年), 우락중분 미백년(憂樂中分未百年), 인생부득 갱소년(人生不得更少年), 한진 부지년(寒盡不知年), 금년, 거년(去年), 천년, 만년, 억만년이로다."

또 떠죽이가 떠죽거리며 '인' 자 운을 단다.

"양류청청 도수인(楊柳靑靑渡水人), 양화수쇄 도강인(楊花愁殺渡江人), 편삽수유 소일인(遍揷茱萸少一人), 서출양관 무고인(西出陽關無故人), 역력사상인(歷歷沙上人), 강청월근인(江淸月近人), 귀인, 철인, 만물지중 유인(滿物之中惟人)이 최귀(最貴)로다."

또 아귀쇠가 '절' 자 운을 단다.

"꽃 피어 춘절(春節), 잎 피어 하절(夏節)이라. 황국단풍 추절(秋節)이요, 수락석출(水落石出)[5]에 백설이 펄펄 날리니 동절

---

3) 중국 진(晉)나라의 시인. 이름은 잠. 405년에 팽택의 영(令)이 되었으나 80여 일 후에 〈귀거래사〉를 남겨두고 귀향함.
4) 도연명이 팽택의 영이 되었을 때에 군(郡)의 장관(長官)이 의관을 갖추고 배알하는 데 분개하여 그날로 사직하고 귀향할 때에 지은 글.
5) 물이 말라서 밑바닥의 돌이 드러나는 일. 겨울 강의 경치.

(冬節)이라. 충절(忠節)이 없으면 무엇하리."
　또 악착이는 '덕' 자 운을 단다.
"세상에 사람으로 태어나서 덕 없이는 못 살리라. 만년영화(晚年榮華)는 자손의 덕, 충효전가(忠孝傳家)는 조상의 덕, 교인화식(敎人火食)은 수인씨(遂人氏)의 덕, 습용간과(習用干戈)는 헌원씨(軒轅氏)의 덕, 삼국성주 유현덕(三國聖主劉玄德), 서촉명장 장익덕(西蜀名將張翼德), 난세간웅 조맹덕(亂世奸雄曹孟德), 서량명장 방덕(西凉名將龐德), 단단한 목떡, 물렁물렁 쑥떡, 이 덕 저 덕 다 버리고 오늘 놀음은 놀부 덕이라."
　여숙이는 '질' 자 타령을 하겠다.
"삼국풍진(三國風塵) 싸움질, 유월염천(六月炎天) 부채질, 세우강변 낚시질, 심산궁곡 도끼질, 낙목공산(落木空山) 갈퀴질, 젊은 아씨 바느질, 늙은 영감 잔말질, 사군영감 몽둥이질이라."
　또 변통이가 내달으며 '기' 자 타령을 한다.
"곱사등이 복장 차기, 아이밴 계집의 배 차기, 옹기장수 작대치기, 붙붙는 데 부채질하기, 해산한 데 개·닭 잡기, 역환(疫患) 모신 집에 말뚝박기, 달아나는 놈 다리치기."
　이렇듯이 놀더니 저희끼리 돌아앉아 각기 성명을 말하고 사는 곳을 묻는다.
"저기 저분은 어디 사시오?"
　그놈이 대답하기를,
"나 왕골 사오."
"아니 왕골을 사다가 자리를 매려 하오?"
"아니요, 내 집이 왕골이란 말이오."
　군평이 내달아 풀이하는 말이,

"예, 옳소. 이제야 알아듣겠소. 왕골에 산다 하니 임금 왕(王) 자, 고을 곡(谷) 자이니 동관 대궐 앞에 사나 보오?"

"예 옳소. 영낙이 아니면 송낙이오."

"또 저분은 어디 사시오?"

그놈이 대답하되,

"나는 하늘 근처에 사오."

군평이 또 풀이하되,

"사직(社稷)은 하늘을 위하였으니 아마 무덕문 근처에 사시나 보오."

"또 저 친구는 어디 사시오?"

"나는 문안 문밖이오."

군평이가 잇달아 풀이로 대답하기를,

"창의문(彰義門) 밖 한북문(漢北門) 안이 문안 문밖이 되니 조지서 근처에 사시나 보오."

"그곳은 아니오."

"예, 그러면 이제야 알겠소. 대문 안, 중문 밖에서 사시나 보니 행랑어멈 자식인가 보구료. 저만큼 물러나 서 계시오."

"또 저분은 어디 사시오."

"나는 휘두루 골목에 사오."

군평이가 하는 말이,

"내가 아무리 풀이를 잘 하여도 그 골은 처음 듣는 말이로세 그려."

그놈이 대답하되,

"나는 집 없이 두루 다니기에 하는 말이오."

군평이 또 묻는 말이,

"바닥 첫째로 앉은 저분은 어디 사시오? 성씨는 무슨 자를 쓰시오?"
"내 성은 두 사람이 씨름하는 성이오."
군평이가 풀이하되,
"나무 둘이 아울러 섰으니 수풀 림(林) 자 임 서방이오?"
"또 저 분은 뉘라 하오?"
"예, 내 성은 막대기에 갓 씌운 성이오."
군평이가 풀이하는 말이,
"갓머리〔宀〕에 나무 목(木)을 하였으니 댁이 송 서방이오."
"또 저분은 뉘라 하시오?"
"예, 내 성은 계수나무라는 목(木) 자 아래 만승천자(萬乘天子)란 아들 자(子) 자를 받친 성이오."
군평이가 대답하기를,
"그러면 알겠소. 댁이 이 서방이시오?"
"또 저분은 뉘라 하시오?"
그놈은 워낙 무식하기가 기역자를 보면 거멀못으로 아는 놈이라 함부로 대답하는 말이,
"나는 난장 몽둥이란 목(木) 자 아래에다 역적 쇠아들이란 아들 자(子)를 받친 이 서방이오."
"또 저분은 뉘라 하시오?"
"예 나는 뫼산(山) 자를 사면으로 두른 성이오."
군평이가 한동안 풀이를 생각하더니,
"뫼산 자가 넷이 사면으로 둘렀으니 밭 전(田) 자 전 서방인가 보오."
"또 저분은 뉘라 하오?"

그놈의 성이 배가인데 정신이 아주 없는 놈이라, 배를 사서 주머니에 넣고 다니더니, 성을 묻는 양을 보고 아무 대답 없이 우선 주머니를 열어 젖히고 배를 찾으니 간 곳이 없는지라. 기가 막히는지 뒤통수를 치며 하는 소리가,

"이런 제기랄! 성으로 하여 망하겠다. 이번도 어느 경칠 놈이 남의 성을 도둑질하여 먹었구나! 나서부터 성 때문에 버린 돈이 자그만치 팔푼 열여덟 닢[엽전]이나 되니, 가뜩이나 보잘것없는 형편이 성 때문에 망하겠다!"

하고, 부지런히 주머니를 뒤지니 군평이가 책망하되,

"이분 친구께서 성을 묻는데 대답은 아니하고 주머니만 주무르니, 그런 제기랄 경계가 어디 있으리오."

그놈이 화를 내며 하는 말이,

"남의 잔속일랑 모르고 답답한 책망만 하는구료? 내 성은 사람마다 먹는 성이오."

하며 구석구석 뒤지니, 배는 없고 꼭지만 나오므로, 얼떨결에 집어 들고 하는 소리가,

"그러면 그렇지, 어디 갈 리가 있나!"

"자, 이것이 내 성이오."

군평이가 대뜸 풀어 말하기를,

"그러면 게가 꼭지 서방이오?"

"예, 옳소 옳소! 바로 아셨소."

"또 저분은 뉘라 하시오."

"예, 내 말씀이오? 나는 안감이란 '안' 자에 부어 터져 죽는다는 '부' 자에 난장몽둥이의 '동' 자를 합하여 안부동이란 사람이오."

"또 저분은 뉘라 하시오?"
그놈이 아무 말 없이 두 주먹을 불끈 쥐고 내밀면서,
"내 성명은 이러하오."
군평이가 웃고 하는 말이,
"예, 알겠소. 아마 성은 주가요 이름은 먹인가 보오."
"과연 그러하오."
"또 저기 비켜 섰는 저분도 마저 통성(通姓)합시다. 성씨가 무엇이라 하시오."
"나는 난장몽둥이의 아들이오."
"또 저분은 뉘라 하오."
"나는 조치안이라 하오."
딱정이가 내달으며 책망하는 말이,
"여보, 이분 친구의 통성명하는 법이 500년의 유래가 있는 옛 풍습이거늘 좋지 않단 말이 웬 말이오?"
그놈이 허허 크게 웃고 대답하기를,
"내 성이 조가요, 이름이 '치안'이란 말이지. 설마 하니 친구와 통성하는데 '좋지 않다' 할 법이 있소?"
딱정이가 끄덕이며 하는 말이,
"그는 그러할 듯도 하오."
이처럼 지껄이다가, 그중의 한 왈패가 내달으며 하는 말이,
"여보게들, 그렇지 않으이. 우리가 놀기로 말하면 내일 날이 또 있으니 놀부놈을 어서 끌어내어 발겨 보세."
하니 여러 놈의 왈패들이 입을 모아 맞장구를 치되,
"우리가 통성명하기에 골몰하여 이때까지 버려 두었으니 일이 잘못 되었도다. 벌써 찢어 발길 놈이렷다."

여러 놈들이 그 말이 옳다 하며 한편으로 놀부놈을 잡아들여 이 뺨 치고 저 뺨 치며, 발로 차고 뒹굴리며 주무르고 잡아뜯고, 또 한편으로 가위주리를 틀며 잔채질을 하며 두 발목을 도지개에 넣고 트니, 복숭아뼈가 우직우직하는 것을 용심지에 불을 당겨 발샅에 끼워 단근질을 하며, 온갖 형벌을 쉴 새 없이 갈마들며 하니 쇠공이의 아들인들 어찌 견디어 내리오.

놀부놈이 입으로 피를 토하며 똥을 싸고, 칠푼팔푼하며 여러모로 애걸하여 비는 말이,

"살려 주오 살려 주오! 제발 덕분에 살려 주오. 돈 바치라면 돈 바치고 쌀 바치라면 쌀 바치고 계집이라도 바치라 하시면 바칠 것이니, 남은 목숨일랑 살려 주옵소서."

여러 왈패들이 돌려 가며 한 번씩 생주리를 틀더니, 그제야 한 놈이 분부하기를,

"이놈 놀부야, 듣거라! 우리가 금강산(金剛山) 구경을 가는데 노자가 떨어졌으니 돈 5천 냥만 바치되 만약에 지체하면 된급살을 내리리라!"

놀부놈이 어찌 혼이 났던지 감히 한 말도 대꾸하지 못한 채로 돈 5천 냥을 주어 보낸 후에, 사지를 제대로 쓰지 못하는 중에도 종래 허욕에 떠받쳐서 당장에 수가 터질 줄로 알고 엉금엉금 동산으로 기어올라가 다시 박 한 통을 따 가지고 내려와서 주춤거리는 째보를 달래어 박을 켜게 하니,

"슬근슬근 톱질이야. 당기어라 톱질이야."

슬근 쓱싹 쪼개어 놓고 보니 팔도(八道) 소경이란 소경은 다 뭉치어 막대를 뚜닥거리며 논을 휘번덕이고 내달으며 꾸짖는 말이,

"이놈 놀부야! 날려느냐, 기려느냐? 네놈이 어디로 갈 것이랴? 너를 잡으려고 안 남산, 밖 남산, 무계동, 쌍계동, 면면촌촌(面面村村)이 얼레빗으로 샅샅이, 참빗으로 틈틈이, 굴뚝 차례로 두루 널리 찾아 다녔는데 오늘에서야 이곳에서 만났구나! 네 우리들의 수단을 한번 보렷다!"
하고 지팡 막대를 들어 휘두르니, 놀부놈이 어찌 할 바를 모르며 이리저리 피하나, 여러 소경들은 점을 치며 눈 뜬 사람보다 더 잘 찾아 붙잡는지라. 놀부놈은 달아나지도 못하고 애걸하는 말이,
"여보 장님네들, 이것이 웬일이오? 사람을 살려 주오. 무슨 일이든 분부대로 하오리다."
소경들이 그제야 놀부를 놓아 주고 북을 두드리며 경을 읽는데,
"천수천안 관자재보살(千手千眼觀自在菩薩) 광대원만 무애대비심(廣大圓滿無涯大悲心) 신묘장구(神妙章句) 대다라니 나무라다나다라. 남막알약 바로기제사바라 도로도로 못자못자 연씨성조(燕氏成造) 원시천존, 남방화제성군(南方火帝聖君). 서방금제성군(西方金帝聖君) 북방수제성군(北方水帝聖君), 태을성군(太乙聖君), 놀부놈을 급살방양탕으로 점지하여 주옵소서. 급급 여율령(急急如律令) 사바아."
이렇듯이 경을 읽더니, 놀부놈을 개장수 개 두드리듯 함부로 치니 놀부놈 견디다 못하여 돈 5천 냥을 내어주고 생각하니,
"집안에 돈이라고는 한 푼도 남은 것이 없어 가산을 탕진하였으니 이제는 살아갈 길이 막연하구나! 이왕 시작한 일이라, 주판지세(走坂之勢)[1]요, 고진감래(苦盡甘來)라 하였으니 나중에

야 설마하니 길한 일이 없을까 보냐?"
하고 다시금 동산으로 올라가서 박 한 통을 따다 놓고 째보를 달래며 이르는 말이,
"이번 박은 겉을 보건대 빛이 희고 좋으니, 이 속에는 응당 보화가 들었을 것이요. 또한 재물을 얻으면 너도 살게 될 터이니 정성들여 타서 보자."
하고 톱을 얹어,
"슬근슬근 톱질이야. 당겨 주소 톱질이야."
밀거니 당기거니, 한동안 켜 보다가 궁금증이 나기에 귀를 기울여 가만히 들어 본즉, 박 속으로부터 우레 같은 소리가 진동하며,
"비로다! 비로다!"
하므로 놀부놈 벌써 무더기로 또 큰 탈이 나는 줄로 알고서 멀리 물러가니 째보 역시 톱을 내던지고 달아나려 하는데 다시 박 속에서 우레 같은 호령이 터져 나오되,
"너희가 무슨 거래를 이렇게 하고 박을 아니 타느냐? 내가 답답하여 한때를 못 견디겠으니 어서 빨리 켜라!"
놀부는 겁을 먹고 묻는 말이,
"'비'라 하시니, 무슨 비온지 자세히 말씀하소서."
"이놈, 비로다!"
놀부가 다시 묻기를,
"비라 하시니 당명황(唐名皇)의 양귀비(楊貴妃)오니까, 창오산(蒼梧山) 저문 날에 아황(娥皇)·여영(女英) 이비(二妃)시오니

---

1) 인력으로는 어찌할 도리가 없어 되어가는 대로 맡겨 두는 일.

까? 누구신 줄이나 먼저 알고 박을 마저 켜오리다."

박 속에서 대답이 나오기를.

"나는 그런 비가 아니라, 한나라의 종실(宗室)이신 유황숙(劉皇叔) 유비(劉備)의 아우 거기장군(車騎將軍) 연(燕)나라 사람 장익덕(張翼德), 장비(張飛)거니와 네가 만일 박을 아니 켜고 있으면 무사치 못하리라."

놀부는 장비라는 말을 듣더니 매우 놀란 듯, 진지러져 엎드리며 목안엣소리로,

"이애 째보야, 이를 장차 어찌하잔 말이냐? 이번에는 바칠 돈도 없으니 할 수 없이 죽는 수밖에 다른 도리가 없나 보다."

째보가 비웃으며 이르는 말이,

"너는 네 죄로 죽거니와 내야 무슨 죄로 죽는단 말이냐? 그런 말 다시 하다가는 내 손에 먼저 죽을 줄로 알라!"

"허튼소리 말고 어서 타던 박이나 마저 타서 하회(下回)나 보세."

놀부가 할 수 없이 마저 타고 보니 별안간 대장군 한 사람이 와락 뛰어나오는데, 얼굴은 숯먹을 갈아 끼얹은 듯하고, 제비턱에 고리눈을 부릅뜨고서 장팔사모 큰 창을 눈 위로 번쩍 들고 인경 같은 소리를 우레같이 질러 하는 말이,

"이놈 놀부야, 네가 세상에 태어나 부모께 불효요 형제와 불목하고 친척과는 불화하니, 죄악이 네 털을 뽑아 헤아려도 당하지 못할지라, 천도(天道)가 어찌 무심하리오? 옥황상제(玉皇上帝)께서 나를 시켜 너를 '만 갈래를 내어 한 없는 죄를 씻게 하라.' 하시기로 내가 특별히 왔으니 견디어 보아라."

하고는 곰의 발 같은 손으로 놀부의 덜미를 움켜 잡고서 공기

놀리듯 하니 놀부놈은 정신을 잃었다가 다시 깨어나 울며 애걸복걸 빌더라. 장 장군이 그 정상을 불쌍히 여겨 다시 꾸짖어 이르기를,

"응당 너를 여러 토막에 낼 것이로되 십분 작량(酌量)하여 용서하는 것이니 이후는 어진 동생을 구박 말고 형제 화목하여 살도록 하라!"

하고 떠나가더라. 놀부는 생짜로 경을 치르고 겨우 정신을 수습하자, 다시 동산으로 치달아보니 박 두통이 그저 남아 있기에 한 통을 또 따 가지고 내려와서 째보를 달래는 말이,

"이애 째보야, 내 정상을 불쌍히 여겨라. 재물을 얻고자 하다가 가산을 탕진하고 거지가 되었구나! 설마하니 박 통마다 그러하랴? 이번에는 무슨 수가 있을 듯하니 아무 소리 말고 켜 보도록 하자!"

째보는 딱한 생각에 응낙하고 박을 켠다.

"슬근슬근 톱질이야. 당겨 주소 톱질이야. 이 박 켜겨들랑 금은보화 사태같이 나와 흥부와 같이 살아 보리라."

놀부 계집이 곁에 서 있다 한 마디 던지기를,

"다른 보화(寶貨)는 많이 나오되 흥부 아주버니같이 첩만은 행여 나오지 마옵소서."

놀부가 당장에 꾸짖는 말이,

"가산을 탕진하고 살림이 결단나서 산거지가 된 인물이 샘이 어디서 나오는고? 소란스러이 굴지 말고 한편 구석에 가 있으라!"

밀거니 당기거니 슬근슬근 타며 귀를 기울이나 이번에는 아무 소리도 들리지 않는지라, 놀부놈 매우 기뻐하며 째보한테 이

르되,
 "이번에는 다 켜도 아무 소리 없으니 아마 수가 터질 박이렷다."
하고 급히 타서 본즉 박 속에는 아무것도 없고 다만 평평한 박뿐이므로 놀부가 기꺼워할 즈음에 째보는 생각하기를,
 '여러 통마다 탈이 났으니 이 박인들 어찌 무사하랴?'
하고는 소피(所避)하러 가는 체하며 도망치니, 놀부놈이 째보를 기다리다 못하여 박통을 도끼로 쪼개고 보니 아무것도 없고 다만 허연 박 속이 먹음직하기에 제 계집을 불러 이르되,
 "이 박은 먹음직하니 우선 배고픈데 국이나 끓여 집안 식구들과 먹고 기운이 나거들랑 남은 박은 우리 둘이 타 보세! 옛사람이 이르기를, '고진감래(苦盡甘來)' 즉 무슨 일이나 고난을 다하면 즐거움이 온다 하였으니 그토록 궂었으니 필경 좋은 일이 있겠지! 하늘이 무심할 수가 있겠나? 숱한 재물을 얻을진대 초년 고생은 벗어나기 어려운 법이니 어서 국이나 끓이소!"
 놀부 계집이 매우 기뻐하며 박 속을 숭덩숭덩 썰고 양념을 갖추어 큰 솥에 물을 넉넉히 붓고 통장작을 지피어, 쇠옹두리 고듯이 반나절이나 무르녹게 끓인 다음에 온 집안 식구대로 한 사람씩 달게 먹고 나니, 놀부는 배가 붕긋하여 트림을 하며 계집에게 하는 소리가,
 "그 국맛 좋다. 당동!"
 놀부 계집이 대답하되,
 "글쎄요, 그 국이 매우 유명하오. 당동!"
 놀부의 자식들이 어미를 부르면서,
 "그 국맛이 좋소. 당동!"

놀부가 다시 하는 말이,

"그 국을 먹더니 말끝마다 '당동 당동' 하니 참으로 괴이하도다. 당동."

놀부 계집이 대답하되,

"글쎄요? 나도 그 국을 먹고 나니 당동 소리가 절로 나오. 당동!"

놀부의 자식이,

"어머니, 우리들도 그 국을 먹고 나니 당동 소리가 절로 나오. 당동!"

"오냐, 글쎄 그렇구나. 당동!"

놀부가 은근히 화가 치받는지라, 꾸짖어 이르는 말이,

"너는 요망스레 굴지 말라! 당동. 무슨 국을 잘 먹었다고 당동하노? 당동!"

놀부 계집이 맞장구를 치되,

"그 말이 옳소! 당동."

놀부의 딸도 당동, 아들도 당동, 머슴도 당동, 놀부 아주미도 당동. 온 집안이 저마다 당동거리니 무슨 가야금이라도 뜯으며 풍류하는 것같이 그저 당동 당동 이렇듯이 당동 당동하니, 울타리 너머에 사는 왕 생원이 놀부 집에서 나는 야릇한 풍류 소리를 듣다 못하여 곧 놀부를 불러 묻는 말이,

"여봐라 놀부야! 너희가 무엇을 먹었기로 그런 소리를 하느냐?"

놀부가 공손히 여쭈기를,

"소인의 집에서 박을 심고 그것이 열리었기로 박 속을 끓여 먹었더니, 그런 소리가 절로 나옵니다. 당동."

왕 생원이 그 말을 믿지 못하여 다시 이르는 말이,

"네 말인즉 터무니없는 소리로다. 박국을 먹었기로 무슨 그러한 소리가 나오랴? 그것 한 사발만 떠 오너라."

놀부가 한 사발 떠다 주니 생원이 받아 맛을 보매, 국맛이 매우 아름다운지라. 그 국 한 사발 달게 먹고 하는 말이,

"여봐라 놀부야, 그 국맛이 신기하구나. 당동! 아차 나도 당동, 어찌하였기에 나도 당동하느냐? 당동."

하며, 잇달아 당동 당동 소리가 절로 나므로 왕 생원이 국 먹은 것을 뉘우쳐 놀부를 꾸짖고 당동 당동하며 제 집으로 돌아가더라.

놀부는 홀로 신세를 생각하니,

'부자가 될 양으로 박을 심었다가 허다한 재산을 다 없애고 전후에 없는 고생과 매맞은 일이며 끝에 와서는 온 집안 사람이 당동 소리로 병신이 되었은즉 이런 분하고 원통한 일이 어디 있으리오?'

놀부는 분한 김에 낫을 들고 단숨에 동산으로 치달아서 박 덩굴을 노려보며 마구 헤치니, 눈에 띄지 않은 덩굴 밑으로 박 한 통이 그저 남아 있기로 자세히 본즉, 크기는 인경만하고 무게가 천 근이나 되겠더라. 그것을 본 놀부놈은 치받치던 분한 생각은 눈 녹듯 사라지고 허욕이 버쩍 나서 혼자 지껄이되,

"그러면 그렇지, 이제야 보물이 든 박을 얻었도다! 무게로 쳐도 금이 많이 든 모양이요, 재물도 많이 들었기 때문에 남의 눈에 띄지 않으려고 덩굴 속에 숨어 있는 것을 모르고 공연히 한탄만 하였구나! 먼저 박통에서 나온 초라니 말이, '금이 들기는 어느 박통에 들었으리라.' 하더니, 그 양반이 과연 옳도다. 황

금이 든 박이 예 있을 줄 알았던들 다른 박은 타지 말고 이 박 먼저 켰을 것을······."
하고 놀부놈은 기쁨을 이기지 못하여 그 박을 따 가지고 내려오며 흥얼거리니,
"좋을 좋을 좋을씨고! 지화자 좋을씨고! 째보 곱사등이 같은 박복한 놈들이 끝장을 아니 보고 달아났으니, 제 복이 그뿐이로다."
놀부 계집이 뇌까리며 하는 말이,
"그만두오, 그만두오, 박에 신물도 아니 나오? 만일 또 불량한 놈이 나오면 어찌하려고 박을 또 따 가지고 오오?"
놀부가 이르는 말이,
"방정맞고 요사한 년 물러나거라! 이 박은 정통 금박일지니, 재물 얻으면 네년인들 귀히 아니 되랴? 잔말 말고 두 양주 정성 들여 켜 보세."
박을 앞에 놓고 톱을 대어 탈새,
"슬근슬근 톱질이야. 당겨 주소 톱질이야."
슬근슬근 타다가 반쯤 켜고 놀부가 우선 궁금증이 나기로 박 속을 기웃이 들여다보니 그 속이 아주 싯누런 것이 온통 황금 같으므로 놀부놈 좋아라고 하는 말이,
"수났구나! 그럼 그렇지! 마누라, 자네도 이 박 속을 들여다보게. 저 누런 것이 온통 황금일세!"
놀부 아내는 한동안 코를 훌쩍이더니 되묻기를,
"누런 것을 보니 금인가 싶으오마는, 그 속에서 구린내가 물큰물큰 나니 그것이 웬일이오?"
놀부가 이르는 말이,

"자네도 어리석은 소리 작작하게. 박이 더 익고 덜 익은 것이 있을진대 이 박은 아주 무르익은고로 구린 냄새가 나는 줄을 모른단 말인가? 어서 빨리 타고 보세."

슬근슬근 거의 다 타다가 놀부 양주 궁금증이 또 나므로 톱을 멈추고 양편에 마주 앉아 들여다보니 별안간 박 속으로부터 모진 바람이 쏘아치며 벼락 같은 소리가 나더니, 똥줄기가 무자위[1] 줄기처럼 내쏘는지라 놀부 양주는 어찌할 사이도 없이 똥벼락을 맞고 나동그라진다. 똥줄기는 천군만마(千軍萬馬)가 달려 나오듯, 태산을 밀치고 바다를 메울 듯 삽시간에 놀부 집 안팎채에 그득하니 놀부 양주 온몸이 황금덩이가 되어 달아나 멀찍이서 뒤돌아보니 온 집안이 똥에 묻혔는지라. 만일에 왕십리 거름장수가 알게 되면 한밑천 잡게 되겠더라.

놀부놈이 기가 막혀 발을 동동 구르며 탄식하기를,

"여보 마누라, 이 노릇을 어찌한단 말이오? 재물을 얻으려다 허다히 있는 재물을 낱낱이 탕진하고 끝장은 똥더미로 의복 한 가지 없게 되니, 어린 자식들과 기나긴 앞날을 무엇 먹고 살아가며, 동지섣달 설한풍에 무엇 입고 사잔 말이오? 애고 서러워라!"

이렇듯 땅을 치고 통곡을 할 즈음, 앞뒷집에 사는 양반네들, 제 집까지 똥이 밀려가서 그득하게 쌓인지라. 그 양반들이 공론하여 고두쇠를 벼락같이 부르더니 엄히 분부하되,

"빨리 가서 놀부놈을 즉각 잡아오렷다!"

고두쇠놈이 워낙 놀부놈을 미워한 터라, 총알같이 달려가서

---

1) 물을 높은 곳으로 자아 올려서 내뿜게 하는 기계. 양수기.

놀부놈의 덜미를 퍽퍽 눌러 짚고 풍우같이 몰아다가 생원님들 앞에다 꿇린즉, 한 생원이 썩 나서며 호령하되,
"이놈 놀부야, 듣거라! 네가 본디 부모께 불효하고 형제간에 불목하고 일가가 불화하며 다만 재물에만 눈이 어두워 도척보다 심하더니, 이제 와 무슨 몹쓸 짓을 저질렀기로 동네 양반들의 귀가 시끄럽도록 네 집에 환난(患難)이 속출하여 패가망신(敗家亡身)하니, 그는 네가 받는 죄값이라 싸다 하겠거니와, 네 죄로 더불어 동네 모든 양반 댁이 똥에 덮여 못살게 되었은즉 이런 죽일 놈이 어디 또 있을까 보냐? 네 죄는 마땅히 시속(時俗)에 따라 처리하겠거니와, 우선 양반 댁에 쌓인 똥을 해지기 전에 다 처내되, 만일 지체할 지경이면 죽고 남지 못하리라."
하고 한편으로 고두쇠를 호령하여,
"놀부놈을 결박하여 절굿공이 찜질을 하여 기왓장에 꿇어앉히고, 똥을 쳐내기 전에는 절대로 풀어 놓지 말라."
놀부놈은 가뜩이나 슬픈 가운데 기가 막히고 아무 말도 못 하다가, 기왓장에 꿇어앉은 채로, 제 계집을 시켜 돈 500냥을 갖다 놓고 빨리 삯군을 풀어 왕십리·안감내·이태원·문짐이·청파·칠패 등 여러 곳에 있는 거름장수들을 닥치는 대로 불러다가 삯전을 후히 주고 똥을 쳐낸 다음에야 놀부는 겨우 놓여나니라.

놀부 내외 서로 붙들고 갈 곳이 없어 통곡하는데, 이때 건넛마을 흥부가 형이 패가망신하였다는 말을 듣고 매우 놀라 안색마저 잃더니, 급히 노복을 시켜 교자(轎子) 두 채와 말 두 필을 내게 하여 몸소 거느리고 건너와서 놀부 내외와 조카들을 교자와 말에 태워 제 집으로 돌아가더라.

집에 돌아온 흥부는 안방을 치우고 형님 내외를 거처케 한 다음, 의식(衣食)을 후히 내어 시시로 대접하며 날로 위로하고, 한편으로 좋은 터를 가려 잡아 수만금을 아낌없이 들여 집을 짓되, 제 집과 같게 하고, 세간 집물(什物)이며 의복·음식을 똑같게 하여 그 형을 살게 하여 주니, 비록 놀부 같은 몹쓸 놈일망정 흥부의 어진 덕에 감동하여 전일의 잘못을 뉘우치고 형제가 서로 화목하여 다시없는 사이가 되었다.

흥부 내외는 부귀다남(富貴多男)하여 나이 팔순(八旬)에 이르도록 장수하며 자손이 번성하되, 모두가 옥수경지(玉樹瓊枝)같이 사람됨이 빼어나서 대대로 풍족하니, 그 후로 사람들이 흥부의 덕을 칭송하여 그 이름이 길이길이 남을 뿐만 아니라 광대의 가사에까지 올라 그 자취가 천백대에 걸쳐 전해오더라.

작품 해설

조선 시대 때의 도덕 소설로, 지은이와 연대는 미상이다. 일명 《흥보전》·《놀부전》·《연의 각》이라고도 한다. 《흥부전》은 설화 소설이자 《춘향전》, 《심청전》과 함께 판소리계 소설이라는 점에서 집단적 창작물이며 대중적 전통성이 강한 작품이다. 다만 완판보다는 가곡(歌曲)으로서의 자수율이 많이 파괴되어 있다.

이 작품은 몽고의 '박타는 처녀' 또는 '방이 설화'에서 유래한 것이라고 하는데, 일본에도 같은 내용의 것이 있다.

작품의 구성은 소설적 구성보다도 희곡적 구성이라고 할 수 있는데, 그 이유는 당초에 판소리의 각본으로 사용하기 위해 쓰여진 작품이었기 때문이다.

《흥부전》은 두드러진 문학적 가치를 찾아볼 수 없는데도 불구하고 많은 독자를 가졌고, 《춘향전》, 《심청전》과 더불어 판소리의 3대 각본 중 하나이다. 이 까닭은 아마 대중적이며 통속적인 권선징악적 주제가 자연스럽게 해학과 풍자적인 표현을 통해서 독자에게 깊은 감명을 주었고, 비록 비현실적이지만 당시 비참한 생활을 하고 있던 일반 대중들의 몽상과 염원을 문학의 세계에서나마 달성시켜 줌으로써 마음의 위안을 주었다는 점에서 그랬을 것이다. 이 작품이 심각하고 비극적인 상황에서조차도 건강한 웃음을 지녔다는 점은 역설적으로 비극적인 상황을 극복하려는 일반 대중 특유의 의식을 보여 주는 것이라 할 수 있다.

   충청 · 전라 · 경상 3도(道)의 경계에 사는 형제가 있었다. 형은 놀부라 하고 아우는 흥부라 했다. 형 놀부는 천하에 둘도 없는 악한으로서 심술이 사납기가 이루 말할 수 없으나, 아우 흥부는 형과 정반대로 천하에 둘도 없는 착한 사람으로 효행이 지극하고 동기간에 우애가 극진했다.

어느 날 동생과 같이 살아오던 형 놀부는 부모에게서 물려받은 전답과 재산을 독차지하고, 흥부에게는 밭 한 마지기 돈 한 푼도 주지 않고 나가서 빌어먹으라고 하며 집에서 내쫓았다. 형으로부터 쫓겨 나온 흥부는 아내와 아들을 데리고 들어갈 집 한 칸 없어 언덕에 움집을 지어 놓고 들어앉았으나 살아갈 길은 막연했다.
　하루는 흥부가 견디다 못해 형의 집으로 쌀되나 얻으려고 갔다. 그러나 그는 악독한 형 내외에게 죽을 정도로 매만 맞고 돌아왔다. 또 하루는 읍내에 나갔다가 이방한테서 김 부자가 죄를 지어서 볼기 30대를 맞게 되었는데, 대신 볼기를 맞는 사람에게 30냥을 주겠다는 말을 들었다. 그는 김 부자 대신에 볼기를 맞고 30냥을 받으려고 먼 길을 걸어 관청으로 가 보니 이미 김 부자의 죄가 풀려 헛수고만 하고 말았다.
　어느덧 겨울이 가고 봄이 왔다. 흥부집의 처마에도 제비가 집을 짓고 새끼를 치고 있었다. 하루는 뱀이 제비집에 들어가서 새끼를 잡아먹으려고 하므로 흥부가 뱀을 칼로 치려 할 때 제비 새끼 한 마리가 땅에 떨어져 다리가 부러졌다. 흥부는 불쌍히 여겨 당사실로 동여매어 주었다. 이에 제비 새끼는 죽지 않고 살아났다.

이듬해 봄에 그 제비가 흥부의 집에 와서 박씨 하나를 떨어뜨려 주었고, 흥부는 그 박씨를 심었는데, 가을이 되어 커다란 박이 많이 열렸다. 흥부 내외가 박을 하나씩 타 보니 선약(仙藥)을 비롯하여 수많은 보물과 선녀들이 쏟아져 나왔다. 이에 흥부는 일시에 부자가 되고 많은 애첩과 시종들을 데리고 행복하게 살게 되었다.

놀부는 아우 흥부가 벼락부자가 되었다는 소문을 듣고 찾아왔다. 흥부로부터 부자가 된 이유를 들은 놀부는 이듬해 봄에 일부러 제비 새끼를 잡아서 다리를 부러뜨린 뒤 실로 동여매어 주었다. 역시 그 제비도 이듬해 박씨 하나를 갖다 주었다. 놀부는 그 박씨를 심고 가을이 되기를 고대했다.

 가을이 되자 많은 박이 열렸고, 놀부 내외는 하인을 시켜 박을 타게 했다. 첫째 박에서는 여러 동자가 나와서 놀부를 골리며 돈 3천 냥을 빼앗아 갔다. 둘째 박에서는 노승이 나와서 돈 5천 냥을 빼앗아 갔다. 셋째 박에서는 상여꾼이 나와서 또다시 3천 냥을 빼앗아 갔다. 넷째 박에서는 무당들이 나와서 5천 냥을 빼앗아 가고, 마지막 박을 타 보니 누런 똥이 쏟아져 놀부의 집을 똥바다로 만들었다.

 이때 아우 흥부는 형이 패가망신했다는 소문을 듣고 형 내외를 자기 집으로 모시고 와서 지성으로 섬기며, 자기 집과 똑같은 형의 집을 지어 주어 살게 했다. 이에 그렇게 악독한 놀부도 회개하고 착한 사람이 되어 형제가 화목하게 살게 되었다고 한다.

《흥부전》에서 생각해 봐야 할 것이 흥부와 놀부의 관계, 그리고 박이다.

이 작품에서 내용을 이끄는 인물은 흥부지만 놀부 또한 상당 부분을 차지한다. 흥부와 놀부는 같은 형제이면서도 너무나 다른 인생관을 지니고 있으며, 삶의 양태도 판이하게 다르다. 흥부는 가난하지만 선량한 인물이면서도 관가의 매를 대신 맞아 그 몫으로 생활을 영위해야 할 정도로 생활 능력이 없는 인물이라면, 놀부는 부의 축적을 최대 목표로 삼아 자본을 무리하게 축적하는 악한 인물이다. 이 때문에 흥부가 도덕적 인물로 착한 일을 하고 남에게 해를 끼치지 않는 인물이라면 놀부는 온갖 나쁜 짓을 해도 스스로 뉘우침이 없을 뿐 아니라 동정도 없는 반도덕적 인물로 나타난다. 이에 따라 자기 일을 열심히 하면서도 생계를 걱정해야 하는 당시 서민들을 흥부로 보고, 놀부를 이익에만 눈먼 지주나 양반 사회로 보기도 한다.

한편, 《흥부전》에서는 박 사설이 내용의 절반 이상을 차지하고 있다. 그래서 이 부분을 따로 떼어 '박타령'이라 부르기도 한다. 그만큼 박이 지니는 의미 또한 남다르다. 박은 당시 서민들의 소박한 꿈의 표현이라고 볼 수 있다. 현실에서는 자신의 꿈을 이루지 못하지만, 착한 일을 하면 저승이나 다음 세상에서는 반드시 복을 받는다는 생각이 박으로 상징화된 것이다.
이 작품의 목판본으로 경판본과 완판본의 두 가지가 있고, 활자본으로도 5, 6종이 있다.

┃구 인 환┃

서울대학교 사범대학 국어교육과 졸업
서울대학교 대학원 국어국문과 수료(문학 박사)
서울대학교 사범대학 교수
국어국문학회 대표이사 및
한국소설가협회 이사
문학과문학교육연구소 소장
서울대학교 명예교수

```
판 권
본 사
소 유
```

우리 고전 다시 읽기

심청전·홍부전

초판 1쇄 발행 2002년 12월 10일
초판 15쇄 발행 2018년 2월 23일

엮은이 구인환
펴낸이 신원영
펴낸곳 (주)신원문화사

주 소 서울시 구로구 가마산로 27길 14 (신원빌딩 10층)
전 화 3664-2131~4
팩 스 3664-2130

출판등록 1976년 9월 16일 제5-68호

* 잘못된 책은 바꾸어 드립니다.

ISBN 89-359-1066-X 03810